LES SANDALES BLANCHES

MALIKA BELLARIBI

LES SANDALES
BLANCHES

calmann-lévy

© Calmann-Lévy, 2007

ISBN 978-2-7021-3826-7

Quel que soit le souci que ta jeunesse endure,
Laisse-la s'élargir, cette sainte blessure
Que les séraphins noirs t'ont faite au fond du cœur ;
Rien ne nous rend si grands qu'une grande douleur.
Mais, pour en être atteint, ne crois pas, ô poète,
Que ta voix ici-bas doive rester muette.

Les plus désespérés sont les chants les plus beaux,
Et j'en sais d'immortels qui sont de purs sanglots.

Alfred de Musset,
La Muse.

PROLOGUE

C'est ici que tout a commencé – dans ce quartier misérable qui, voilà un demi-siècle, abritait le bidonville de Nanterre. Une ville dans la ville, constituée de maisonnettes aux murs de brique maladroitement montés, au sol de terre battue. Les plus riches y jettent des peaux de mouton en guise de tapis. Les pauvres – les plus nombreux, bien sûr – rien du tout. Mais riches ou pauvres, c'est là que tous cohabitent, sous des toits de tôle chauffés à blanc l'été, gelés l'hiver. La plupart du temps, il n'y a qu'une seule pièce pour toute la famille, qu'elle soit composée de quatre ou de douze enfants. Tout le monde dort tête-bêche, corps imbriqués, garçons ou filles. Dehors, sous l'auvent, du linge sèche. À l'intérieur, dans les bassines, du linge trempe, car ici, on peut être misérable, la propreté n'est pas un vain mot. Les femmes passent leur journée au ménage – elles commencent par aller remplir leurs bassines au point d'eau le plus proche. Cinq cents mètres parfois. Un kilomètre le plus souvent. Elles ôtent ensuite les matelas et les couvertures jetés au sol, et les entassent du mieux qu'elles le peuvent le long des murs. Vient le rituel de l'allumage du brasero qui leur tient lieu de cuisinière, et l'odeur du café qui monte, emplissant l'espace toujours trop étroit. Dehors, à côté, un peu plus loin, on crie, on rit, on se presse déjà. Un flot d'enfants, richesse du quartier, s'évade des baraquements. Hiver comme été, la journée commence, dans le rayonnement des murs peints d'ocre ou d'azur.

Ocre, comme le soleil. Azur, comme la mer. Ocre et azur, sable et eau, symboles de l'Algérie – ce pays qu'ici, dans la cité des Pâquerettes, tous ont quitté vaille que vaille pour venir s'enfermer dans la grisaille parisienne. Avec eux, mon père, un grand homme aux épaules larges, qui porte le prénom d'un prophète, celui de Mohamed. Quand exactement s'est-il embarqué sur le bateau qui l'a emmené à Marseille ? Comment a-t-il vécu l'arrachement au sol natal, les affres de la traversée, la séparation d'avec les siens ? Il ne me l'a jamais raconté. À cette époque, les miens ne parlaient pas – et aujourd'hui encore, certains d'entre eux ont du mal à mettre des mots sur leurs peines. Il n'empêche. Mohamed est arrivé là, à Nanterre. Il a bâti sa maison – une cahute exactement semblable à toutes les autres. Il a, aussi, acheté les quatre murs d'une petite épicerie. Et comme son père et ses frères, il est devenu commerçant. Commerçant ? Oui, mais pas seulement. Le jour, mon père vend des fruits, des légumes, de la semoule et des épices. Le soir, la nuit, il milite au sein du FLN – et surtout, il récolte des fonds pour ce parti, leader de la révolution algérienne. Nous, ses enfants, nous l'ignorions. Je ne suis même pas sûre que ma mère le savait. D'ailleurs, que savait-elle au juste de sa vie ?

Retour en arrière. Retour en Algérie. Nous sommes à Mostaganem, tout à côté d'Oran. Ici, la lumière est si forte, le ciel si bleu que l'œil en est ébloui – et le corps est comme écrasé de chaleur. Est-ce pour cette raison que, depuis des siècles et des siècles, les femmes s'abritent derrière leurs voiles blancs ? Il fut un temps, j'en suis certaine, où ils n'étaient pas synonymes de prison, mais de simple protection contre la fournaise du dehors. Mais pour ma mère, c'est déjà trop tard.

Elle s'appelle Fatima – un prénom prédestiné, puisque c'est celui de l'épouse du prophète Mohamed. Elle a grandi dans une famille bourgeoise, au milieu de ses trois sœurs et de ses quatre frères. Ses parents possèdent une petite flottille de chalutiers – mais leur argent ne les empêche pas de la marier à quatorze ans. Ce fut une belle noce, avec des youyous, et ce voile cachant la fillette qu'un époux bien plus âgé va faire sienne. Après leur première nuit, ma mère tombe amoureuse de lui. Une chance et un malheur. Chance, car elle a vécu quelques mois heureuse à ses côtés, le temps de porter un enfant, son fils premier-né, mon frère Taieb. Un malheur, car après la naissance du bébé, elle se voit répudiée. Pourquoi ? Dans quelles conditions ? Si elle l'a su, elle n'en a jamais parlé. Elle est rentrée chez ses parents, avec le bébé – et la honte qui la couvrait, de la tête aux pieds, comme couvre un vêtement souillé. Après l'affront, elle a dû faire le deuil de son amour. Puis, surtout, elle a dû accepter de se remarier. Un second mariage arrangé, avec celui qui allait devenir mon père...

Et c'est ainsi que ces deux-là, Fatima et Mohamed, sont arrivés en France. Époux de corps, mais séparés d'esprit. Deux étrangers, qui se sont installés dans le bidonville des Pâquerettes, à Nanterre. L'endroit où tout a commencé.

1

1956. La guerre d'Algérie n'en est encore qu'à ses pré-
mices, mais déjà, le bidonville des Pâquerettes vit au rythme
des nouvelles du « pays » – et la France s'effraie de nous
savoir sur son sol. Combien de familles vivent à Nanterre,
entassées les unes sur les autres ? Cent ? Deux cents ? Ce
qui est sûr, c'est qu'elles forment une sorte de verrue dans
le paysage ambiant – un ghetto, régulièrement visité par les
forces de police. Ici, à Nanterre, on vit dans la crainte, même
si tout est encore calme. Et c'est dans cette crainte que je
vois le jour, septième enfant d'une fratrie qui en comptera
neuf : une petite fille aux yeux noirs, que l'on prénomme
Malika, ce qui, en arabe, veut dire : « la reine ».
   Mais jamais ce prénom n'aura été si mal porté – au moins
en ce temps-là. Car chez moi, personne n'est heureux de
mon arrivée. Taieb, Amar, Dadi, Hayat, Mohamed, Djamila,
mes frères et sœurs, sont déjà bien à l'étroit dans l'unique
pièce de notre maison. La nuit, ils y dorment par terre, sur
des peaux de mouton. Le jour, ils en sortent très vite, pour
laisser ma mère faire le ménage et la cuisine – café au lait et
gâteaux de semoule le matin, tagines dans la journée, la
nourriture ne manque pas, grâce à la petite épicerie que
dirige mon père. Mais pour manger quotidiennement à leur

faim, les six gosses se lavent rarement – il n'y a pas l'eau courante, et pas d'électricité, non plus. Quant à l'école, ils y vont à pied, et le moins que l'on puisse dire c'est qu'ils n'y trouvent pas refuge, petits misérables qu'ils sont, avec leurs vêtements rapiécés et leurs pieds nus dans des galoches. Des Arabes, dit-on à l'époque – pas encore des Beurs, comme aujourd'hui. Ce sont ces six enfants-là qui se penchent sur mon berceau. Anxieux de savoir si la nouveau-née va leur prendre la place qu'ils n'ont de toute façon pas, et l'attention dont ils manquent cruellement...

Mais tous les six, ils se rassurent vite. Pas plus qu'eux, ma mère ne m'aime. Ce sont ses cris qui bercent mes premiers jours : les hurlements d'une femme épuisée par ses grossesses, une par an ou presque. Il y a, aussi, les cris de mon père, qui veut se faire obéir. Puis les coups qu'ils échangent, devant leurs enfants recroquevillés de peur. C'est dans cette atmosphère que je grandis, accrochée au sein de ma mère. Mais si elle m'allaite, elle n'en a pas plus de tendresse pour moi. Elle me porte comme un paquet, me pose brutalement dans les bras d'Hayat, l'aînée de mes sœurs, me confie à elle, le jour, la nuit, dès qu'elle peut – d'ailleurs, je n'ai pas un an qu'elle est déjà enceinte de mon frère Bibi.

Quel jour est-on ? De quel mois ? De quelle année ? Je n'en sais rien, je ne suis encore qu'une toute petite fille, de un an, peut-être dix-huit mois, une poupée qui s'accroche aux barreaux des chaises pour tenir debout, qui esquisse quelques pas dans l'indifférence générale. On se fiche que je marche, que je parle, que je mange. Je ne suis que la septième roue du carrosse, un bébé que ma mère écarte d'une taloche s'il s'approche trop près d'elle. Bibi est né. Il a pris ma place, je dois me débrouiller seule – avec l'aide d'Hayat, qui, du haut de ses six ans, me sert de nourrice. C'est elle qui, le matin, me débarbouille du mieux qu'elle peut et change ma couche. Elle encore qui la lave, l'essore, la suspend sous le petit auvent situé devant notre maison. Elle, toujours, qui me surveille du coin de l'œil, tandis qu'elle aide ma mère aux tâches ménagères. Hayat balaye. Hayat épluche les légumes – tomates, poivrons, aubergines, courgettes, pommes de terre. Hayat roule la graine de couscous. Hayat va chercher de l'eau, revient en courant, pas encore assez vite, puisque ma mère hurle qu'elle n'est qu'une bonne à rien. Et moi, assise par terre, je pleure de faim...

« T'inquiète pas, me dit Hayat. Je vais te faire chauffer ton lait. »

La voilà qui allume le brasero et y place une casserole. Puis elle s'éloigne, en attendant que le liquide tiédisse. Et elle l'oublie – une toute petite fille occupée à tant de choses. Et moi, impatiente, je me lève et je m'empare du manche de la casserole.

Aujourd'hui encore, je me souviens de ma surprise quand le lait bouillant s'est renversé sur mon épaule. Durant quelques secondes, je n'ai pas eu peur, ni mal, d'ailleurs. J'ai simplement poussé un petit cri quand le liquide a pénétré mes vêtements. Ensuite, ensuite seulement, est venue la douleur. Quelques picotements, d'abord – presque rien, juste des pointes d'aiguilles s'enfonçant, les unes après les autres, dans mes pores. Ensuite, il y a eu cette sensation de brûlure, d'abord supportable, puis de plus en plus vive, tandis que le liquide bouillant creusait son sillon dans mes chairs. Enfin est venue la souffrance – une souffrance insupportable. J'ai tellement mal que je ne crie pas. Je ne pleure pas, non plus. Je reste simplement là, debout, à tenter d'oublier ce feu qui lèche mon bras. Mais l'oubli ne vient pas, bien sûr. La brûlure se fait toujours plus intense. Et tandis que la pièce s'emplit d'une odeur âcre, acide, un cri monte, enfin, du fond de ma gorge.

Des hurlements – ceux de ma mère et d'Hayat. Des pleurs – ceux de ma sœur aînée, que l'on réprimande. Des allées et venues affolées, les voisines qui accourent, l'eau qui coule sur mon corps, des invectives contre le ciel quand on découvre l'étendue de ma plaie, et ce médecin qui arrive, et pose sur mes chairs une gaze cicatrisante. Ensuite ? Ensuite, plus rien – un oubli bienfaisant, le temps qui passe, des heures, des jours, et mon bras qui guérit, lentement, même s'il garde une vilaine cicatrice qui, aujourd'hui encore, étoile ma peau. Voilà tout ce qui reste de l'incident. Personne ne sait encore qu'il n'est qu'un prélude ; personne ne sait que bientôt, mon corps tout entier ne sera plus qu'une plaie. Pour moi, la vie reprend – une vie semblable à celle de tous les enfants du bidonville. Pas de crèche ni de jardin d'enfants. Pas d'école maternelle. Seulement les ruelles pour terrain de jeux, des boîtes de conserve vides pour ballon, quelques bouts de bois assemblés pour poupées, et les adultes qui passent, sans se soucier de nous, de moi, occupés qu'ils sont à gagner de quoi manger et à faire la guerre aux Français.

Quel jour est-on ? De quel mois ? Je ne le sais toujours pas. Chez moi, on ne fête ni les Noëls ni les anniversaires. Il n'y a ni bougies ni cadeaux, les jours coulent, les uns après les autres, tous semblables dans la même grisaille. Ce matin, comme d'habitude, Hayat prépare du café au lait, et elle m'en tend un grand bol. J'y trempe le pain que fabrique ma mère, en faisant bien attention à ne pas laisser couler une seule goutte du breuvage sur mes vêtements. J'ai beau être une toute petite fille, je sais déjà ce qu'il faut faire et ne pas faire pour éviter les coups – claques de ma mère, bourrades de mes frères, pinçons d'Hayat excédée par son rôle d'aînée soumise à toutes les corvées. Une fois ma faim apaisée, je me lève et je porte mon bol dans la bassine où s'entasse la vaisselle sale – et c'est alors que j'entends les cris qui viennent du dehors. « Au feu ! », hurle-t-on. Au feu ? Je n'ai pas le temps de comprendre que, déjà, des bras m'enserrent, ceux d'Hayat qui m'empoigne, me tire, me traîne hors de la maison. D'un coup, nous voilà toutes les deux enveloppées d'une chaleur intense. Le feu est bien là, qui dévaste le bidonville, frôle notre porte. D'où sont nées ces flammes orangées qui lèchent les murs des maisons ? Un brasero qui s'est renversé ? Un gosse qui a craqué une allumette ? Tout ce qui compte, à cet instant, c'est que l'incendie se propage très vite, dévastant tout sur son passage, faisant naître des cris, des pleurs, des imprécations, poussant les gens hors de leurs bâtisses, enveloppant la foule qui se presse dans les ruelles d'une fumée noire, hostile. Elle s'insinue dans mes poumons, me fait tousser, cracher, suffoquer. Est-ce que le brasier va nous rattraper, Hayat et moi, est-ce qu'il va nous transformer en torches vives, est-ce qu'il va nous réduire en cendres ? D'un coup, ma grande sœur desserre son étreinte, je sens d'autres bras m'emporter, ceux d'un homme, cette fois, il me soulève bien haut, il me juche sur ses épaules, et d'un coup l'air se fait moins dense, moins piquant, moins chaud, aussi – et lorsque enfin je rouvre les yeux, je réalise que nous sommes sortis de la zone ravagée par l'incendie...

Ensuite, il faut reconstruire – une reconstruction laborieuse, lente, un calvaire. Tout le monde s'y met – hommes et femmes, enfants et vieillards. Il faut remonter les murs des baraques, moellon après moellon, faire du ciment, aller chercher les tôles tenant lieu de toit. Cela dure des jours entiers, durant lesquels les familles s'entassent dans les rares maisons intactes. Mon père se charge du ravitaillement : n'est-il pas l'épicier, celui qui, dans sa petite boutique, fait revivre la terre natale, grâce aux énormes sacs ouverts sur les épices, la semoule, les dattes et les figues séchées, le *kemoun* et les feuilles de menthe ?

L'épicerie. Aujourd'hui encore, si je ferme les yeux, je peux sentir l'odeur mi-poivrée, mi-sucrée que dégagent les lieux – et je revois les rayons sur lesquels sont entreposés des bassines en fer ou en plastique, du Crésyl, des balais, des serpillières, et cette eau de Javel que n'utilisent que les nantis, comme lui. Nanti, oui. Car au royaume des aveugles, les borgnes sont rois. Et pauvres comme nous le sommes, nous n'en avons pas moins les moyens de manger et de nous habiller. Ici, aux Pâquerettes, c'est presque du luxe, il faut bien le dire...

1959. Adieu, le bidonville. Nous entassons nos maigres bagages à l'arrière d'une camionnette. Un dernier coup d'œil à ce qui a été notre foyer, et mon père met le moteur en marche. Aujourd'hui, nous déménageons pour une « vraie » maison. Elle est située à quelques kilomètres de là, rue Pascal, et compte deux pièces et une cave. Un palais, pour nous qui vivions à neuf dans dix mètres carrés ! Alors, fait exceptionnel, ma mère est de bonne humeur. Elle plaisante avec Taieb, son préféré, le seul de ses enfants qu'elle ait désiré, le fils de son amour perdu. Elle sourit à Amar, mon grand frère, son adoré. Et pour une fois, elle ne rabroue pas les autres, Dadi, le dégingandé, Djamila, la chouchoute, Hayat, son souffre-douleur, Bibi, le petit dernier. Quant à moi, elle m'ignore, comme d'habitude – mais je me méfie tout de même, car je sais d'expérience que si je bouge trop, si je chantonne trop haut, si je prends trop d'espace, si, d'un mot, je manifeste ma présence, alors sa réaction sera aussi vive que violente. Je le sais dans ma tête, mais aussi dans mon corps – ce corps bleu de coups, jamais câliné... Il existe peut-être, dans d'autres familles, dans d'autres maisons, des mères qui bercent leurs petits enfants de chansons. Il existe sans doute des lieux où le soir, d'une voix douce, elles leur racontent des histoires. Moi, je ne connais de ma mère que son courroux, cette colère qui couve en elle, prête à éclater à tout moment. Alors, comme d'habitude, dans cette camionnette qui s'éloigne de la cité des Pâquerettes, je m'efforce, du mieux que je peux, de me faire tranquille, douce, d'une sagesse exemplaire. Je ne crie pas. Je ne touche à rien. Je ne parle ni à mes frères ni à mes sœurs. C'est au prix de mon silence et de ma docilité que ma mère oublie, pour quelques instants, mon existence...

Un arrêt. La camionnette se gare le long du trottoir. Nous sommes arrivés. Tout le monde descend, et entreprend de décharger. Un à un, nos maigres biens sont portés en triomphe dans notre maison. Les coussins sur lesquels nous nous asseyons pour manger. Le tapis. Les briques soutenant le contreplaqué qui nous tient lieu de table. Les matelas, les couvertures, la vaisselle, nos vêtements, nos chaussures, les ustensiles de cuisine. Un bric-à-brac qui s'entasse vaille que vaille dans les deux pièces formant notre nouveau foyer. Moi, si petite encore, je traîne un ou deux cartons emplis de babioles et, curieuse, je profite de ce que personne ne me prête attention pour faire le tour du propriétaire. J'inspecte les murs, fraîchement repeints de blanc, mais qu'on devine humides, fragiles, prêts à découvrir leurs fissures au premier hiver. Je découvre le carrelage, cassé par endroits, l'évier de la cuisine, avec ses gros tuyaux crachant une eau trop froide. Je me glisse dans la chambre qui sera la nôtre, celle des enfants, une pièce minuscule, dix mètres carrés à peine, une fois de plus, nous devrons dormir tous ensemble, tête-bêche, garçons et filles mêlés. Une promiscuité qui gêne mes aînés, mais que j'apprécie – j'aime me nicher contre mes sœurs, profiter de leur chaleur, sentir sur moi leur souffle régulier.

« Pousse-toi, Malika. »

Mon frère Dadi arrive, les bras chargés d'une nouvelle cargaison. Je sors le plus vite possible, pour ne pas le gêner, me voilà dans le petit couloir, face à une porte de bois. Qu'y a-t-il derrière ? La cave ? Je saisis la poignée, je tire, la porte s'entrouvre, dévoilant un escalier aussi raide qu'étroit, où est la lumière ? D'un doigt, je tâte le mur, je découvre l'interrupteur, me voilà sur les marches, je les descends une à une, mais il n'y a rien en bas – rien qu'une pièce vide – cette pièce où, plus tard, mon père entreposera les armes destinées à ses amis du FLN.

Juillet. Voilà plusieurs semaines déjà que nous avons terminé l'aménagement de notre nouvelle maison. L'été est venu nous y surprendre, un bel été, qui blanchit le ciel et nous permet de vivre toutes fenêtres ouvertes. Je marche à côté de ma mère sur le trottoir de la rue Pascal. Elle se dirige vers le bidonville des Pâquerettes, l'endroit où ses pas la ramènent sans cesse. Elle continue d'y faire ses courses – elle y connaît tous les commerçants, a fait le tour de chaque étal, de chaque boutique, sait négocier le prix de la moindre des babioles. J'ai besoin de sandales neuves. Elle va m'en acheter là-bas, elles seront moins chères. Voilà pourquoi, une fois n'est pas coutume, je trottine à ses côtés, mais sans lui donner la main – ma mère ne tolère de moi aucun signe de proximité. N'empêche. Je suis bien, sous ce soleil qui m'enveloppe, m'éblouit. Le ciel, là-haut, est d'un bleu profond. J'aperçois l'éclair argenté d'un oiseau qui file. Ma mère avance d'un bon pas, forte femme encore belle, malgré les grossesses successives qui ont déformé sa silhouette. Au passage, on la hèle, on l'interpelle. « Bonjour, Fatima, comment ça va ? » La voilà qui s'arrête, qui entame une conversation.

18

Elle est bavarde, dans ces cas-là, je le sais d'expérience. Alors je m'immobilise, j'attends, patiemment, qu'elle ait terminé d'égrener les dernières nouvelles. Majouba a accouché hier de son septième enfant, encore une fille, quel malheur ! Son mari va exiger d'elle une nouvelle grossesse, dans le but d'avoir, enfin, un héritier mâle. Halima, elle, est enfin enceinte. Seulement voilà – ma mère se penche, parle plus bas, tandis qu'un sourire étire ses lèvres – l'enfant est-il vraiment de son mari ? Face à elle, l'autre commère s'esclaffe, et les voilà qui se mettent à chuchoter, je n'entends plus rien, mais de toute façon, pourquoi est-ce que j'écouterais ? Je ne comprends rien à leurs histoires, des histoires de grandes personnes, j'attends, simplement, figée sur place, j'attends que l'on aille enfin m'acheter les fameuses sandales. Et j'écoute la musique qui sort des maisons – une musique orientale, rythme affolé des guitares qui s'envolent, voix rauques et saccadées, cette musique-là, on l'entend partout dans le bidonville, elle surgit de tous les seuils, elle soulève, un peu, la chape de plomb qui enferme la misère, elle s'envole, joyeuse, vers le ciel, elle me transporte dans un autre pays, un autre monde, si je ferme les yeux il me semble que l'univers n'est plus peuplé que de sons – ces sons qui évoquent la douceur des dattes fraîches croquées un jour d'été, ou la chaleur du thé brûlant aux odeurs de menthe, servi après le repas, quand les hommes, alanguis, s'installent à même la poussière, devant leurs seuils, et entament d'interminables palabres.

« Allez, Malika. Viens. »

Ma mère a terminé sa conversation. Elle reprend sa route. Et moi, tirée de ma rêverie, je la suis, emportant dans la course la chaleur, la musique, la lumière de cette journée exceptionnelle. Quelques dizaines de mètres, et nous y sommes enfin. Une échoppe sombre s'ouvre devant nous.

Elle est remplie de dizaines de paires de chaussures : escarpins, babouches, bottes, puis celles destinées aux enfants. Le vendeur, un ami de ma mère – ma mère n'a que des amis, semble-t-il, au bidonville des Pâquerettes –, choisit parmi elles des sandalettes d'un blanc immaculé. Et moi, je crois rêver. Ce sont des chaussures de princesse que l'on m'offre aujourd'hui. Ravie, je me juche du mieux que je peux sur un tabouret, et je tends un pied. Le vendeur enfile la première sandalette, noue la bride. Vient le tour de la seconde. Elles sont un peu grandes, mais chez nous, tout doit durer. Alors l'affaire est entendue. Elles iront aussi pour l'année prochaine. Me voilà autorisée à sauter de mon tabouret. Mais contrairement à mon habitude, je ne dégringole pas à toute vitesse du perchoir. Au contraire, je fais très attention à mettre par terre un pied après l'autre, bien droits, pour ne pas salir mes nouvelles chaussures.

« Maman ? »

Je lève la tête vers ma mère. Je constate avec ennui qu'elle ne me prête aucune attention – et que nous ne sommes pas près de sortir, puisqu'elle a entamé une nouvelle conversation. Ma mère parle, avec vivacité, comme à son habitude. Elle ponctue ses phrases de gestes, de sourires, de petites moues et le commerçant, face à elle, opine du chef, visiblement séduit, et comment ne le serait-il pas ? À cet instant, il ne reste rien de la femme coléreuse et acariâtre que je ne connais que trop bien. Il n'y a plus qu'une jolie quadragénaire qui porte haut la tête, et sait faire valoir son charme sans vulgarité aucune. Mais moi, toujours plantée à ses côtés, je m'ennuie : ici, il n'y a ni soleil ni musique, juste l'obscurité de la boutique, et ces dizaines de paires de chaussures, alignées les unes à côté des autres...

Un rai de soleil traverse la pièce et attire mon regard. Je le suis du regard, fascinée par les milliers de grains lumineux qui forment une ligne toute droite. J'aimerais les happer de la main, mais, pour cela, il faut que je m'éloigne de ma mère, et, je le sais, je n'en ai pas le droit. Tout de même. J'esquisse un pas timide – est-ce qu'elle va s'apercevoir que je bouge, et m'immobiliser d'une taloche, comme elle sait si bien le faire ? Non. Fatima est trop absorbée par sa conversation. Alors je m'écarte encore un peu plus, je marche jusqu'au filet translucide, je le traverse, une fois, deux fois, retour en arrière, trois fois, et voilà que, sans même y penser, je me dirige vers la porte. Un pas encore, et je sors de la boutique.

Le soleil. Un soleil blanc à force d'être éclatant, qui d'un coup ferme mes yeux et m'enveloppe d'une merveilleuse, d'une insupportable sensation de chaleur. Quelques secondes s'écoulent, avant que je puisse rouvrir les paupières. Puis, de nouveau, je distingue le monde extérieur – et la foule bigarrée qui marche sur le trottoir me donne le tournis. Il y a tant d'hommes et de femmes qui flânent, le long des échoppes, tant d'enfants qui jouent, courent et crient, tant d'odeurs puissantes qui montent à mes narines, menthe et safran, café et miel, sueur et gasoil, et cette musique qui jaillit de partout, en un mélange de refrains criards... Est-ce que je vais avancer encore, me mêler à tout cela ? Est-ce que je vais me diriger vers le bord du trottoir, marcher jusqu'à cette pierre qui scintille, argent et gris, marron et noir ? Oui, bien sûr, je vais le faire, aujourd'hui, décidément, j'ai toutes les audaces. Un pas après l'autre, j'avance, les yeux fixés sur mes sandales blanches, qu'elles sont jolies, et joli aussi ce rebord de pierre vers lequel je me penche, et que je touche du doigt, timidement, comme pour m'assurer de sa réalité...

Puis, d'un coup, tout devient noir.

Je le saurai plus tard – des années plus tard, en fait. Cette chose sombre qui, d'un coup, a recouvert mon corps, c'était un camion, roulant en marche arrière. De quel type de véhicule s'agissait-il, exactement ? Quel était son poids ? Deux cent cinquante kilos ? Trois cents kilos ? Qu'importe, après tout. Ce qui est sûr, c'est qu'en reculant, il a écrasé mes jambes et fracturé mon bassin avant de me recouvrir de son énorme masse, tandis que retentissaient les premiers cris des passants. Aujourd'hui, je ne peux qu'imaginer la suite. Imaginer ? Non, pas tout à fait, puisque, au cours de milliers de nuits peuplées du même cauchemar, je l'ai rêvée. Il y a ces gens qui, jeunes ou vieux, hommes ou femmes, et même tout petits enfants, se penchent sous le camion. Leurs regards me cherchent sans me trouver et pourtant je suis là, leurs hurlements arrivent à mes oreilles – et je ressens la chaleur du moteur qui continue à tourner. Mais je n'ai pas mal, pas encore, je suis étonnée, simplement, que la musique se soit arrêtée, que le soleil soit tombé, est-ce que c'est la nuit, déjà ? Que s'est-il passé ? Là-bas, sur le trottoir, une jeune mère de famille, épouvantée, ramasse les lambeaux de ma peau, qui gisent sur le sol, et elle crie à son mari d'aller chercher du secours. Du secours ? Mais pourquoi faut-il du secours ? Il suffit que le camion avance, et je retrouverai la lumière – avant de me relever, d'épousseter ma robe, de vérifier que mes sandales n'ont pas souffert, et d'aller retrouver ma mère...

2

« Allez, tiens bon. Tu vas t'en sortir... »

Les mots sont prononcés d'une voix douce. Je voudrais bien répondre, mais je n'y arrive pas. J'ai l'impression d'être dans de la ouate, un coton épais qui m'entoure, m'enveloppe, ferme ma bouche et mes yeux. Je sais, confusément, que c'est mon père qui me parle. Mais je ne comprends pas ce qu'il dit. Pourquoi est-ce que je dois tenir bon ? À quoi est-ce que je dois me raccrocher ? Pourquoi est-ce que mon père m'implore de ne pas mourir ? Un jour, j'ai trouvé un oiseau dans la rue. Il était tout raide, et ses yeux étaient comme voilés. Quand j'ai voulu le ramasser pour le caresser, mon frère Dadi m'en a empêchée. Ensuite, il a poussé l'oiseau dans le caniveau, d'un grand coup de pied, et il m'a dit : « Allons, laisse-le. Tu vois bien qu'il est mort. » Et quand j'ai dit : « C'est quoi, la mort ? », il a répondu : « C'est quand tu dors, et que tu ne peux plus te réveiller. » Mais moi, je ne dors pas. Enfin, pas vraiment. J'ai simplement du mal à soulever mes paupières, parce que le coton les recouvre. Puis je suis très occupée à rêver, un rêve bizarre, qui me fait un peu peur : je suis cachée sous quelque chose de très lourd, et il fait noir. Des gens crient – et parmi toutes leurs voix, je reconnais celle de ma mère. Elle semble affolée. Elle hurle mon prénom mais je ne lui réponds pas. Je suis fatiguée, si fatiguée que je ferme les yeux – au moins jusqu'à ce que la lumière frappe mes paupières. Revoilà le soleil, le bruit de la rue, revoilà la musique. J'aimerais bien retourner jouer au bord du trottoir. Ou bien marcher, en prenant soin de ne pas salir mes sandalettes. Mais j'ai beau essayer de me lever, je n'y arrive pas. Je suis faible, si faible qu'on est obligé de me porter, oui, c'est cela, un homme m'enserre de ses bras, il court, il me dépose sur un lit, un lit qui roule à toute vitesse, je sens les cahots, mais ils ne me gênent pas, je flotte, dans une sorte de vide total, la musique est là, toujours, qui m'accompagne, quelques notes de guitare, la voix rauque d'une chanteuse, elle résonne longtemps dans mes oreilles avant de disparaître. Et les odeurs aussi s'envolent, oubliées la menthe et les épices, il n'y a plus autour de moi qu'un relent écœurant de désinfectant, et cette lumière aveuglante qui n'est pas celle du soleil, mais d'un énorme, d'un gigantesque spot – celui de la salle d'opération dans laquelle les chirurgiens vont tenter de sauver ma jambe.

Noir. Ouate. Je flotte dans l'obscurité. Le rêve lui-même s'estompe. Je suis loin. Très loin. Je m'enfonce dans un tunnel sombre. Mais, d'un coup, je sens une main, la main de mon père, encore, se poser sur la mienne. Le voilà qui parle, de nouveau. Qui prononce des mots, toujours les mêmes. Allons, Malika. Reste avec moi. Malika, tu es ma reine. Moi, une reine ? C'est bien la première fois que j'entends ça. Je ne suis pas une reine, rien qu'une petite fille encombrante, un enfant de plus, une bouche à nourrir, inutile, une fille, de surcroît... Puis, d'ailleurs, pourquoi mon père n'est-il pas au travail, pourquoi est-il assis à côté de moi ? Et moi, où est-ce que je suis ? À la maison ? Non. Ici, tout est calme, trop calme – il n'y a ni bruits ni cris, puis cela ne sent ni la menthe ni le café, et encore moins le tagine en train de cuire. Ici, on ne respire qu'une vague odeur d'éther. Du fond de mon engourdissement, je me dis qu'il faut que je fasse un effort, que je soulève mes paupières. Je veux voir où je suis, ce qui m'entoure. Et, surtout, je veux voir mon père. Je bande toutes mes forces, toute ma volonté. Mais je n'arrive à rien. La ouate s'est transformée en plomb. Le plomb m'écrase les yeux. Pourtant, papa, j'aimerais bien t'obéir, redevenir la Malika d'avant. Mais voilà. Le noir revient. Je replonge. Je me rendors...

Silence. Obscurité. Surprise. La ouate est partie. Me voilà enfin capable d'ouvrir les yeux. Mais je ne vois rien qu'un croissant de lune qui brille derrière la fenêtre. L'ombre a envahi la chambre dans laquelle je repose, une chambre inconnue, dont je devine à peine les contours. Là, un placard, enfoncé dans le mur. Plus loin, une table roulante sur laquelle sont posés un pichet d'eau et un verre. À côté de moi, des machines, aux écrans allumés. Et une chaise, aussi – cette chaise sur laquelle, j'en suis sûre, mon père était assis tout à l'heure. Il est parti, depuis quand ? Qu'importe. Il m'a laissée là, il m'a abandonnée, et je sens le désespoir qui m'envahit. Il faut que je me lève. Il faut que je le retrouve. Il faut que je rentre chez moi. D'un coup, je me redresse – et la douleur surgit immédiatement. Elle empoigne ma jambe droite, remonte le long du bassin, grimpe jusqu'à la poitrine, envahit tout mon corps, reste là, à fouiller mes chairs. Il n'y a plus rien que ce mal qui ressemble à une chose vivante, un animal qui me fouaille, à l'intérieur, sans que j'aie la force de pousser un cri. Mal. J'ai mal. Trop mal.

Noir. Silence. Oubli. La ouate est revenue, heureusement. Je dors, ou plutôt je somnole. Autour de moi, on va et on vient. Je sens des mains soulever mes couvertures. Quelqu'un se penche, entoure mon bras d'un élastique, avant d'y piquer une aiguille. Je la sens pénétrer dans la veine, heurter la paroi, s'y incruster, en ressortir, l'élastique s'en va. On chuchote. Un homme, une femme qui parlent de moi. J'entends : coma. Fractures. Bassin. Jambe.

« Sa mère était là au moment de l'accident, dit l'homme. Elle a donné sa peau, pour qu'on en recouvre la cuisse. Peut-être que la greffe va prendre ?

– De toute façon, répond la femme, ça ne changera rien. Cette petite-là, jamais elle ne remarchera. »

Silence. Obscurité. Quelqu'un rentre dans ma chambre. Une ombre vêtue de blanc, qui s'approche de mon lit, vérifie les tuyaux auxquels mon corps est relié, se penche au-dessus de moi. Un souffle sur ma joue. Un murmure, à mon oreille. « Bonjour, Malika. Je suis Gabrielle. » La voix est douce, réconfortante – comme la main qui se pose sur mon front, et le caresse. D'un coup, je suis bien. Presque heureuse. J'aimerais bien le dire. Mais j'ai beau ouvrir les lèvres, aucun son ne sort de ma bouche. Combien de temps est-ce que je vais rester là, paralysée et muette, oscillant entre veille et sommeil ? Et d'ailleurs, est-ce que je suis réveillée, ou bien est-ce que je dors ? Gabrielle n'est plus là. Elle est sortie de mon rêve. De la nuit, elle ne reviendra pas. À l'aube, fatiguée de l'attendre, je replonge dans le noir. Depuis combien de temps est-ce que je dors ? Un mois ? Deux mois ? Six mois ? Je n'en sais rien. Je ferme les yeux. Le cauchemar revient. Mais il ne me fait plus peur. L'accident – car à présent, j'ai compris que j'ai eu un accident – n'était rien. C'est maintenant que je vis le pire.

« Heureusement que j'étais là, avec elle. »

Lumière. Le soleil brille, illumine ma chambre. La voix me réveille – si forte, si familière, la voix de ma mère. Elle est là, au seuil de ma porte, entourée de plusieurs femmes.

Elle me désigne du doigt en souriant, montre à ses amies la petite gisante que je suis.

« C'est ma peau qu'on lui a donnée, dit-elle. J'ai souffert ! Vous ne pouvez pas savoir. Regardez... »

La voilà qui, d'une main, soulève sa jupe, la remonte le long de sa cuisse. Elle montre ses cicatrices, rabaisse le tissu, fait la coquette sous les compliments.

« Ma petite Malika, elle est tout pour moi », dit-elle.

Puis, un ton plus bas, d'une voix plus grave :

« Les médecins ne savent pas encore si elle va s'en sortir. Vous comprenez, il va falloir l'opérer de nouveau plusieurs fois. Sa jambe et ses hanches sont tellement abîmées. Elles ont été cassées en mille morceaux, c'est eux qui me l'ont dit. »

Autour d'elle, les commères compatissent. Moi, j'aimerais bien qu'elle les laisse et qu'elle s'approche de moi pour me caresser le front, comme le fait Gabrielle, l'infirmière de nuit. Mais ma mère ne bouge pas. Elle n'avance pas. Elle ne vient pas m'embrasser, me câliner, murmurer à mon oreille que bientôt tout va redevenir comme avant. Qu'importe. Une fois de plus, je me laisse glisser dans le noir. J'ai fini par aimer la sensation de plongeon dans le néant qui précède mes longues périodes de sommeil. Au moins, quand je dors, j'oublie mon corps.

Lumière, de nouveau. Une lumière d'hiver, qui fait régner dans ma chambre une douce pénombre. Allongée sur le dos, je regarde le plafond – un plafond très blanc, sans aucune aspérité qui puisse accrocher l'œil. Au fil des jours, il est devenu la toile de mes rêves, et j'y projette des visions qui m'enchantent. Le plafond n'est plus un plafond. C'est un jardin, semé d'herbe et de fleurs. Là des pâquerettes, là du liseron, là quelques coquelicots semblables à ceux qui poussent le long des terrains vagues, près du bidonville de Nanterre. Je cueille les fleurs, une à une, je les assemble en un gros bouquet, puis j'entreprends d'en faire une couronne. Me voilà assise dans l'herbe, à percer un trou minuscule dans leurs tiges, et à les glisser les unes dans les autres. Ma couronne sera la plus belle de toutes celles que j'aie jamais faites, et, cette nuit, je l'offrirai à Gabrielle.

« Elle est si sage, cette petite ! »

La porte s'entrouvre. Deux infirmières entrent dans la pièce. Mon rêve éveillé s'évanouit. Oubliés le champ d'herbe, les fleurs, le plafond redevient plafond.

« Elle reste là, des heures, sans bouger. À son âge, c'est incroyable ! » poursuit la femme en blanc.

Puis, sans m'adresser directement la parole, elle s'approche, soulève mes couvertures, découvre le bas de mon corps. Elle va changer mes pansements, je le sais. Une routine quotidienne, effectuée sans explication, et qui me crucifie. Au moindre contact sur mes plaies, la douleur s'éveille. Une brûlure qui se fait de plus en plus intense, jusqu'à se transformer en feu ardent, et à soulever en moi une insupportable nausée. Mais pour avoir mal, je ne me plains pas. Je n'ouvre même pas la bouche pour laisser échapper le plus petit murmure. Par le passé – quand exactement ? hier ? avanthier ? voilà une semaine ? – j'ai crié, pleuré supplié qu'on arrête. En retour, je n'ai eu droit qu'à des reproches.

« Allons, Malika, arrête. Ça ne fait pas si mal que ça, quand même. »

« Reste tranquille. Ne bouge pas. Tu nous empêches de travailler. »

« Ça n'ira pas plus vite si tu cries ! »

Du coup, je me suis tue. J'ai seulement laissé mes larmes rouler sur mes joues. Mais elles non plus n'ont attendri personne. D'ailleurs, comment l'auraient-elles fait ? Ici, des enfants qui souffrent, il y en a des dizaines...

« Voilà. C'est presque fini. »

J'ai été sage. Je me suis laissé faire. L'infirmière a enlevé les bandages enserrant mes jambes, décollé les gazes protégeant ma peau brûlé. Elle l'a nettoyée avec un liquide très froid, avant d'y passer une pommade et de refaire les pansements. Moi, je me suis efforcée d'oublier la douleur en regardant le plafond. J'en connais les moindres fissures, celle qui dessine un trait zigzaguant, sorte d'éclair, la deuxième, plus ouverte, qui forme une croix, la troisième enfin qui vient mourir dans la peinture jaune sale du mur. À les regarder, elles deviennent presque vivantes. Parfois d'ailleurs, j'imagine qu'elles bougent, qu'elles s'élargissent, qu'elles se font plus profondes. Et si enfin elles s'ouvraient, pour me laisser voir le ciel ?

Les deux infirmières ont terminé leur travail. L'une d'elles approche la table roulante, emplit le verre d'eau, l'approche de mes lèvres pour me permettre de boire. Mais elle prend bien soin de ne pas trop soulever ma tête. Je dois rester totalement à plat. Immobile. Une petite gisante, qui n'a pour horizon que le plafond – et qui ferme les yeux, de nouveau. Qui dort...

Nuit noire, de nouveau. Nuit noire, encore. Je n'ai pas vu l'obscurité s'approcher. Le plafond, au-dessus de moi, est envahi d'ombres. La porte s'entrouvre. Gabrielle est là, comme toutes les nuits. Je perçois sa présence, son parfum, une odeur de menthe et de verveine mélangées. Un instant encore, et je sens sa main sur mon front. Je savoure la caresse, douce, apaisante. J'ouvre les yeux. Je tourne la tête – un mouvement qui réveille la douleur tapie au fond de moi, mais qu'importe. Je veux voir Gabrielle ; je connais à présent chaque trait de son visage. L'arrondi des joues, le tracé pulpeux de la bouche, et ce gris des yeux qui m'enveloppent de leur regard. Immobile et muette – je n'ai pas prononcé un seul mot depuis l'accident, le choc, disent les médecins –, je savoure l'instant au cours duquel elle passe sur mon visage une lingette trempée dans de l'eau tiède. Une toilette rapide, suivie d'un bref démêlage de mes cheveux – ils sont très courts, où sont passées les boucles qui descendaient jusqu'à mes épaules, avant ? Une dernière caresse. Voilà. C'est fini. Elle est partie. Déjà, je recommence à l'attendre.

Lumière. Le début d'une nouvelle journée – avec le cliquetis du chariot qui amène le café, le lait et le pain. C'est une aide-soignante qui m'aide à manger et à boire. Elle me donne la becquée, plus ou moins patiemment, avant de disparaître et de laisser la place à Simone, la jeune Antillaise chargée de faire le ménage. Simone, c'est la reine du balai, l'impératrice du chiffon, c'est elle-même qui le proclame. Tout en passant la serpillière, qui dégage une infecte odeur d'ammoniaque, elle fredonne les refrains de son pays – ou, quand elle est de mauvaise humeur, marmonne dans ses dents des phrases informes. Mais jamais elle ne me regarde. Jamais elle ne me parle. Je dois, pour elle, faire partie des meubles – à croire qu'ici, les malades sont des plantes vertes. C'est pareil pour Anne, l'aide-soignante chargée de me passer le bassin et de me faire ma toilette – une toilette de chat, suivie parfois d'un changement de draps, allez, Malika, soulève-toi, un peu plus s'il te plaît, voilà c'est bien, encore un petit effort, hop ! Tu vois, ça n'était pas si difficile. Partie, déjà. À sa place, une petite troupe, celle des infirmières, internes, externes et chefs de service venus m'examiner, comme chaque jour. Ils envahissent la chambre, s'agglomèrent autour de mon lit, déploient au-dessus de mon corps des mines soucieuses. Le rituel est toujours le même. L'une des infirmières démaillote mes bandages, arrache d'un geste sec les pansements qui couvrent mes jambes. Les médecins regardent mes plaies, air soucieux, sourcils froncés, mines graves. À leurs regards, je devine que rien ne va. Pire encore : les radios qu'ils brandissent leur arrachent des toussotements navrés. Mais évidemment, aucun d'eux ne m'explique quoi que ce soit. D'ailleurs, à quatre ans, qu'est-ce que je pourrais comprendre ? Me voilà de nouveau seule, les yeux fixés sur le plafond. Aujourd'hui, j'y projette une rue, des passants, des voitures – ou du moins j'essaye. Car, très vite, mes paupières se ferment, revoilà le sommeil. Revoilà le néant...

« Malika ? »

Lumière. La lumière du matin. Mais ce matin-là est différent. Car si le chariot du petit déjeuner roule dans le couloir, il ne s'arrête pas devant ma porte. Et quand celle-ci finit par s'ouvrir, c'est pour laisser entrer un aide-soignant que je ne connais pas, et qui pousse un lit roulant.

« Allez, petite ! me dit-il. On y va. »

On y va ? Où ? Pourquoi ? L'homme, un grand gaillard aux gestes doux, ne me l'explique pas. Il se contente de soulever mes draps, et de me déplacer d'un lit à l'autre. Ensuite, il me pousse hors de ma chambre. Nous voilà dans des couloirs déserts, je roule, yeux fixés sur le plafond. Est-ce que je me pose des questions ? Sans doute pas. Depuis l'accident, comme ils appellent le trou noir qui m'a engloutie, mon esprit ne fonctionne plus comme il le devrait. Moi qui étais si curieuse, j'accepte tout ce qui m'arrive sans broncher, un peu comme si je m'étais égarée dans un monde étrange, un labyrinthe où plus rien n'a ni queue ni tête. Tous mes repères ont disparu – la maison, mes frères et sœurs, mes parents, ma vie d'enfant comme les autres. Je ne suis plus qu'un objet, ou presque, que l'on manipule sans y prêter une attention autre que purement médicale. Je ne parle pas. Je ne bouge pas. Je regarde, seulement, j'emplis mes yeux de tout ce qui peut me permettre de rêver un peu. Et du coup, cette promenade inhabituelle me ravit – et comment pourrait-il en être autrement, puisque mon univers, d'un coup, s'élargit ? Oublié le plafond blanc de la chambre. Mon regard embrasse le couloir aux murs d'un jaune pâle, se pose sur un tableau représentant une mer très bleue, puis sur un dessin d'enfant, maisonnette rouge et vert, toit de tuiles marron, cheminée qui fume à grandes volutes. Un peu plus loin, une porte ouverte laisse entrevoir le bureau où trois infirmières prennent leur café. Mon lit roulant le dépasse. Me voilà devant les portes d'un ascenseur. Nous nous y engouffrons. L'ascenseur démarre, silencieux. Il s'arrête net trois étages plus bas, au niveau du bloc opératoire.

Aujourd'hui encore, lorsque j'y repense, tout me revient en mémoire. La couleur des murs, d'un beau vert pâle. Le spot énorme, déversant une lumière crue. Cet homme vêtu d'une blouse verte, elle aussi, qui se penche au-dessus de moi. Le masque qui se pose sur mon visage. Et cette sensation de mort que je ressens quand les premières bouffées de gaz anesthésiant me font sombrer dans l'inconscience...

Après, il n'y a plus rien – que la douleur. Une douleur qui embrase ma jambe, si intense que celle-ci en devient le centre de mon corps. J'ai mal. Terriblement mal. Mais aucune plainte ne sort de ma bouche. Mes lèvres fermées n'articulent aucun mot. Comment pourrais-je parler, d'ailleurs ? Je ne suis plus que douleur – un rayonnement de souffrance si forte que pour en finir, j'aimerais bien devenir cet oiseau raide et froid que mon grand frère poussait du pied dans le caniveau. Mais je ne meurs pas. Et les infirmières qui entrent tour à tour me félicitent même d'être vivante.

« Elle est résistante, cette petite, dit l'une d'elles. Huit heures sur la table, et elle rouvre déjà les yeux !

– Alors, Malika ? me lance la seconde. Tu te réveilles ? »
Je me réveille, oui. Je suis même totalement réveillée
– mais incapable de faire quoi que ce soit. C'est comme si
une chape de plomb pesait sur ma poitrine et m'empêchait
de bouger. Puis il y a cette sensation de nausée qui monte
à ma gorge, une nausée que je m'efforce de contenir.
Qu'est-ce qu'elles vont dire, les infirmières, si je vomis, là,
devant elles ? Elles vont se fâcher, comme s'est fâchée ma
mère le jour où, chez nous, j'ai été malade. Je me souviens
encore de ses cris, et de la taloche qu'elle m'a donnée, une
gifle si forte qu'elle m'a fait saigner du nez. C'est Hayat qui
a dû tout nettoyer. Le sol. Les coussins. Et moi, enfin. Elle
aussi a crié. Elle aussi m'a grondée. Et j'ai eu honte, tellement honte que je ne veux pas que cela recommence. Alors
je respire bien fort, je m'efforce de penser à des choses
agréables, ce trottoir ensoleillé sur lequel je jouais, voilà huit
mois maintenant, mes sandales blanches, ces belles sandales
que je ne remettrai sans doute plus jamais, puisque je ne
pourrai plus marcher, le ballon que Dadi a rapporté un jour
à la maison, un vrai ballon de football, bien rond, bien dur,
qui devait coûter très cher, mais ce jour-là, mon frère a eu
de la chance, il l'a trouvé, c'est en tout cas ce qu'il a dit à
mes parents. Tandis que je ferme les yeux, pour mieux me
concentrer, les infirmières quittent la pièce, fermant la porte
derrière elles. Et je me retrouve seule, une fois de plus.
Décidément, depuis que j'ai été renversée par ce camion,
comme ils disent, c'est un désert, autour de moi. Où sont
passés mes frères et sœurs ? Et ma mère, pourquoi ne vient-
elle jamais me voir ?

« Malika ? »
La douleur s'est assoupie. Elle ne me taraude plus. Je la
sens encore présente, mais plus lointaine. Ma jambe n'est

plus à vif – au moins si je ne la bouge pas. Je vais mieux, somme toute. Et l'infirmière qui arrive près de moi en est toute joyeuse. D'ailleurs, la voilà qui m'annonce une grande nouvelle. Je vais quitter la position allongée. Je vais pouvoir m'asseoir. Toute une aventure, que j'attends avec appréhension. Mais j'ai tort d'avoir peur. La douleur ne revient pas, au moment où le lit bascule avec lenteur. Et moi, toute fière, je me découvre un nouvel horizon. Celui de ma chambre. À gauche, le placard. Je ne sais pas ce qu'il contient, mais je vais le demander, puisque la parole m'est revenue. Pour le moment, je continue d'inspecter ma chambre. Je tourne la tête à droite. Et miracle. J'aperçois une fenêtre. Et de l'autre côté, il y a le ciel, le vrai ciel, avec de vrais nuages – et aussi les branches des arbres plantés au bas du bâtiment dans lequel je me trouve. Nous sommes au début du printemps, et elles sont pleines de gros bourgeons que l'on devine prêts à éclater. Un spectacle merveilleux pour moi, alitée depuis si longtemps – un spectacle qui, je le devine, va m'occuper de longues heures durant. Voilà ce que je vais faire, désormais. Regarder les bourgeons s'ouvrir, heure après heure, admirer leurs feuilles toutes neuves, d'un joli vert tendre. Elles vont pousser devant moi, jusqu'à devenir épaisses et charnues. Je suis sûre que de là où je suis, je pourrai distinguer jusqu'à leurs nervures, fines lignes dessinant leur cœur. Oui. Aujourd'hui, j'ai de la chance. Et ce n'est pas terminé. Car l'infirmière pousse jusqu'à moi la table roulante. Ensuite, elle se dirige vers le placard, ouvre sa porte. À l'intérieur, des jouets. Une poupée à la chevelure brune, une dînette, une boîte de cubes en bois, qu'elle m'apporte.

« Tiens », me dit-elle.

Les carrés de bois dont je m'empare sont frappés de dessins, un loup, une petite fille en rouge, une grand-mère à la chevelure soigneusement tressée, un grand arbre, un panier, une plaquette de beurre.

« Tu vois, dit l'infirmière, avec ça, tu peux raconter l'histoire du Petit Chaperon rouge. Tu la connais ? »

Mais non, bien sûr, je ne la connais pas, je ne connais aucun conte de fées. Chez moi, personne n'a de temps à consacrer à ces sornettes. Et si parfois ma mère nous menace de nous donner à manger aux djinns, ces mauvais esprits qui hantent l'imaginaire des gens de son pays, aucun de nous n'a jamais cru à leur existence. Chez nous, les Bellaribi, il y a bien pire que les djinns. Il y a la misère, la promiscuité, la peur d'un lendemain encore pire qu'aujourd'hui. Voilà qui nous tient lieu de grand méchant loup, d'ogre ou de dragon crachant des flammes...

« Alors, tu ne connais pas le Petit Chaperon rouge ? » insiste l'infirmière.

Et comme je secoue négativement la tête, elle conclut :

« Eh bien, Malika, je vais demander à ce que quelqu'un vienne te raconter cette histoire. »

3

Quel jour est-on ? De quel mois ? Je n'en sais rien. Mais le temps passe, un jour après l'autre, dans la routine immuable de l'hôpital : le petit déjeuner, que je prends seule, désormais. Les soins. La visite des médecins. Le déjeuner. L'après-midi, qui s'étire dans un ennui entrecoupé de somnolences. Les courtes visites de mon père, qui s'assied à mes côtés, sans trop savoir quoi me dire. Celles de ma mère et de mes frères et sœurs, plus rares encore. Hayat a grandi. Elle ressemble à une préadolescente, ne tire plus ses cheveux en nattes, mais les laisse boucler sur ses épaules. Dadi est toujours aussi farceur. Il dévore les friandises empilées dans mon placard – je les lui laisse volontiers, je n'ai aucun appétit. Djamila joue toujours les pestes, minaude, fait son intéressante. Mohamed est un homme, ou presque. Bibi, le petit dernier, un garçonnet rondouillard, toujours en mouvement. Dehors, sans moi, leur vie continue. L'école. Les jeux. La maison. Ma mère. L'épicerie de mon père. Ils me racontent tout cela avec des mots maladroits, tandis que ma mère soupire.

« Est-ce que tu vas seulement remarcher ? demande-t-elle à mon oreille. Les médecins ne sont pas sûrs. »

Remarcher ? Je n'en suis pas là. Je passe mes journées à regarder le ciel, toujours plus beau de l'autre côté de la fenêtre. Je devine qu'au-dehors, il fait chaud – ce doit être l'été. Le premier été depuis mon accident. Les feuilles des arbres forment désormais une épaisse ramure. Parfois, un oiseau s'y niche, hasarde un trille. Je ne l'entends pas, mais je le devine. Ou plutôt, j'essaie de le reconstituer – comme j'essaie parfois de reconstituer les bruits de la rue, la musique envahissant les trottoirs. Je me chante des chansons, je me berce de refrains, je rêve à un ailleurs qui a perdu ses couleurs, ses odeurs, tous ses sons. J'accommode, du mieux que je le peux, ma solitude. Je l'apprivoise. J'en fais mon amie. Je vis dans un autre monde, un monde de rêves. Et quand ma mère, mon père, mes frères, mes sœurs quittent mon chevet, je n'en souffre pas – au contraire. Leur présence, leurs voix, leurs cris me fatiguent. Et je ne sais même plus, à force de vivre sans eux, si je les aime encore.

Trois petits coups à la porte. Une drôle de dame apparaît sur son seuil. Elle est vêtue d'une longue robe bleue qui dissimule ses chevilles. Une sorte de collier pend à son cou : de grosses perles de bois, auxquelles est accrochée une croix. Et surtout, ses cheveux sont masqués par un inimaginable chapeau. Une coiffe compliquée, d'un blanc immaculé, qui semble donner des ailes à sa tête.

« Bonjour, Malika, dit-elle. Je suis sœur Marguerite. »

Sœur Marguerite ? Je ne comprends pas ce qu'elle veut dire. Une sœur, c'est Hayat, ou Djamila. Pas Marguerite. Mais qu'importe. Je ne pose aucune question. L'expérience m'a appris que c'était inutile. Polie, je réponds au salut de sœur Marguerite, puisque c'est ainsi que la dame s'appelle.

« Est-ce que tu sais qui est cet homme ? »

Elle prend la croix qui pend au bout de son collier dans sa main, et me montre le crucifié qui y est suspendu.

« Il s'appelle Jésus, souffle-t-elle. Et je suis venue te raconter son histoire. »

Une histoire ? Comme celle du Petit Chaperon rouge, que j'ai appris à connaître à travers la voix de Gabrielle, qui vient nuit après nuit s'asseoir près de moi ? Grâce à elle, j'ai appris à aimer les contes – même si, quand je tente de les raconter à mon tour à Hayat ou à Djamila, elles me regardent avec de grands yeux, l'air de dire : « Celle-là, elle est folle. » Du coup, je prête un peu plus d'attention encore à sœur Marguerite.

« Voilà, dit celle-ci. Il y a deux mille ans maintenant, un enfant naissait dans une étable, près de Bethléem... »

Bien sûr, je ne comprends pas tout. Mais j'aime le récit murmuré à mon oreille. Sœur Marguerite parle d'un enfant né d'une femme, comme tous les autres, et pourtant fils de Dieu. Dieu ? Je ne sais pas qu'il existe un Dieu. J'ignore qu'il a créé le ciel, la terre, et toutes les créatures qui s'y sont multipliées. Je ne sais pas, non plus, qu'il a donné aux hommes des commandements à respecter. Tu ne tueras pas. Tu ne voleras pas. Tu aimeras ton prochain comme toi-même...

« Quand tu iras mieux, je t'emmènerai à la chapelle de l'hôpital, conclut sœur Marguerite. Comme ça, tu pourras y prier... »

Prier ? Chapelle ? Les deux mots me sont inconnus. Mais leur sonorité me plaît. Elle me paraît contenir des tas de promesses. Quand la religieuse s'en va, je commence déjà à l'attendre – une attente vaine. Le lendemain, elle ne revient pas. À sa place, l'aide-soignant arrive. Il pousse un lit roulant et il me fait, de nouveau, traverser de longs couloirs. Quand nous nous arrêtons devant les portes de l'ascenseur, je comprends ce qui m'attend. Alors je ferme les yeux. Et je m'évade, près de l'arbre et de ses feuilles d'un vert si tendre. Là, tout près de moi, sur la branche, il y a un oiseau. Et au moment où le masque se pose de nouveau sur mon visage, à l'instant même où je respire les premières bouffées de l'anesthésiant, il me laisse le caresser.

Hiver. L'hiver de mes cinq ans. J'ai déjà subi trois interventions chirurgicales, destinées à réparer ma jambe et ma hanche, dont les os ont été brisés en dizaines de morceaux. De salles d'opération en réveils difficiles, de convalescences lentes en rétablissements incertains, je reste gisante. Chaque fois que l'on m'opère, je risque ma vie – c'est du moins ce dont sont persuadés mes parents. Devant l'épreuve, mon père vacille. Ma mère, elle, fait du théâtre. Quand je la vois arriver, larmes perlant aux paupières, mains tordues l'une dans l'autre, je sais qu'une nouvelle épreuve approche pour moi. Entre-temps, je reste allongée, ou à demi assise, à regarder le plafond ou la fenêtre. J'ai vu l'été dans les feuilles charnues. J'ai contemplé l'automne dans leurs tons roussis. J'ai compris que l'hiver était là lorsqu'elles sont tombées. Aujourd'hui, les branches de l'arbre sont dénudées. Au matin, le givre les transforme en longs rameaux scintillants. Les oiseaux s'y posent de plus en plus rarement. Le ciel est proche, si proche qu'il semble à portée de main. Parfois, quelques flocons en tombent, légers, aériens. Djamila m'a dit que la neige, c'est froid. Je n'en sais rien. Je ne l'ai jamais touchée. Mais pour une fois, je la crois sur parole. Ces flocons-là ont bien l'air glacés. J'aimerais être dehors, nuque ployée, visage renversé, ouvrir grande ma bouche et les avaler, l'un après l'autre. Je ne peux que le rêver – et rêver, aussi, à un Noël qui ne serait pas celui d'une enfant blessée et solitaire. Malgré toute ma patience, malgré les cubes de bois, les coloriages, les allées et venues des infirmières, malgré le paysage que m'offre la fenêtre de ma chambre, je commence à trouver le temps long. Est-ce qu'un jour, enfin, je pourrai sortir ? Est-ce que je cesserai d'être seule, est-ce que j'irai, moi aussi, dans cette école dont me parlent Djamila, Hayat et Dadi ? Moi aussi, j'aimerais apprendre à lire, à écrire et à compter. Moi aussi, j'aimerais avoir un cartable. L'autre jour, Djamila a apporté le sien, et l'a balancée, toute fière, en me narguant un peu comme elle aime le faire. Elle m'a aussi montré sa trousse, pleine de crayons, elle en a sorti un porte-plume, m'a expliqué que pour écrire, il faut tremper la plume dans de l'encre, et que c'est difficile, parce qu'on risque de faire des taches indélébiles. Elle a bien détaché les syllabes du mot, j'ai entendu : in-dé-lé-bi-le et je me suis dit que quand j'irais à l'école, j'aurais intérêt à faire vraiment très attention, parce que ma mère crierait, si d'aventure je salissais ma blouse... Mais je n'en suis pas là – à supposer que ce jour arrive. Le matin, quand ils rentrent dans ma chambre, les médecins se penchent avec le même mécontentement sur mon dossier. Et ils échangent des phrases pleines de menaces, dont je ne comprends pas toujours le sens, mais qui me jettent pourtant dans une attente apeurée.

« L'os ne se ressoude pas, dit l'un.

– Il va falloir rouvrir, et remettre des broches, ajoute l'autre.

– Attendons encore un peu, tranche le troisième. Elle est très jeune. Il ne faudrait pas arrêter définitivement la croissance de sa jambe. »

Et de sortir dans une grande envolée de blouses blanches.

Noël – pour finir, c'est Noël pour moi aussi. Sœur Marguerite est venue, et elle m'a annoncé une grande nouvelle. Aujourd'hui, 25 décembre, je vais pouvoir assister à la messe dans la chapelle de l'hôpital. Elle a prié Dieu pour que l'on m'accorde cette faveur, et Dieu l'a exaucée. Pour la première fois depuis près d'un an et demi, je vais pouvoir quitter mon lit, et gagner en fauteuil roulant le lieu de la cérémonie. Un miracle, en quelque sorte – ce miracle que, parfois, je réclame désormais aux anges, aux saints, et à cette dame qu'on appelle la Vierge Marie. Quitter mon lit ? Quitter ma chambre ? Dans un premier temps, cela me fait plaisir. Puis, d'un coup, j'ai peur. Cette pièce est tout mon univers. Une prison à laquelle je me suis si bien habituée qu'il me paraît impossible d'en franchir le seuil. Et ce n'est pas le plus important. Ce qui compte, surtout, c'est que si je bouge, la douleur va se réveiller dans ma jambe. Alors m'habiller, passer du lit au fauteuil roulant ? Cette perspective n'éveille en moi aucun enthousiasme. Et quand l'infirmière entre et m'annonce que, cette fois, c'est décidé, elle m'emmène à la chapelle, je manque refuser. Si je l'avais fait, ma vie, aujourd'hui, en serait sans doute très différente. Car jamais je n'aurais rencontré la musique.

Salve, Regina, mater misericordiae.
Vita, dulcedo et spes nostra, salve...

Le cantique dédié à la Vierge Marie m'accueille, à peine passé la porte de la chapelle. Un chant d'une pureté infinie, dans lequel se mêlent des dizaines de voix, celles des religieuses, mais aussi des malades venus assister à l'office. À l'entendre résonner dans la petite pièce plongée dans la pénombre, je sens monter en moi une vague de bonheur mêlé d'exaltation. Je ne comprends pas les mots prononcés. Mais peu m'importe leur sens. Ils entrent en moi, m'envahissent, m'imprègnent, font monter dans ma poitrine une vague d'allégresse irrépressible. Ce chant, c'est la voix des anges. Et à ces voix-là, je voudrais, par-dessus tout, mêler

la mienne. Car, d'instinct, je le sais. Je le sens. Si d'aventure
j'ouvre la bouche, si je permets à mes cordes vocales de
résonner, alors j'oublierai en une seule seconde toutes mes
souffrances passées. Dans ce *Salve, Regina* viendront
s'échouer les gifles de ma mère, la violence de mon père, la
meurtrissure de tout mon corps, et cette solitude qui se dilue
dans le cristal du cantique qui continue de s'élever...

Ad te clamamus, exsules, filii evae.
Ad te suspiramus, gementes et flentes in hac lacrimarum valle.

Lèvres serrées, je m'associe aux voix emplissant l'église,
et, d'un coup, je suis ailleurs, très loin, dans ce paradis dont
me parle sœur Marguerite. Un éden de sons et d'odeurs
– encens, bougies – et ces mots emplissant mon esprit.

Eia ergo, advocata nostra, illos tuos misericordes oculos ad
[nos converte.
Et Jesum, benedictum fructum ventris tui, nobis post hoc
[exsilium ostende.
O clemens, o pia, o dulcis Virgo Maria !...

Ce jour-là, de retour dans ma chambre, je ne regarde pas
par la fenêtre, comme d'habitude. Je ferme simplement les
yeux, et je tente de retourner en imagination dans la chapelle. Il ne me faut pas faire un grand effort pour y parvenir.
À peine mes paupières sont-elles closes que je m'y retrouve.
Devant moi, dans la pénombre, il y a les cierges brûlant
devant l'autel, et ces religieuses agenouillées les unes à côté
des autres, dans leurs aubes beiges. Une odeur d'encens
flotte dans l'air. Et surtout, surtout, les voix montent de
nouveau dans la pénombre, des voix si pures qu'elles en
deviennent célestes. Les voix des anges, venus me protéger
de la douleur et de la solitude, des voix que je me promets
de ne jamais oublier.

Un autre été, le deuxième depuis l'accident. Je ne marche toujours pas. Mais désormais, j'ai le droit de quitter mon lit, pour passer quelques heures, tous les jours, dans mon fauteuil roulant. Le dimanche, je rejoins sœur Marguerite à la chapelle. Je prie – un peu. Mais surtout, surtout, je joins ma voix à celle des religieuses qui chantent l'office. Je n'ai pas encore six ans et déjà, je connais tous les cantiques qui scandent la messe. Jésus est mon divin berger. Sur le mont du calvaire. C'est dans la foi. Et les autres, tous les autres – en français ou en latin, peu m'importe. Ce qui compte, c'est de fermer les yeux et de laisser ma voix monter au milieu de toutes les autres. J'en éprouve un tel sentiment de plénitude qu'en moi, tout s'apaise. Oubliées, les crises de larmes qui parfois, le soir, m'empêchaient de respirer tant elles étaient violentes. Aboli, ce sentiment d'exclusion qui me vrillait le corps et m'empêchait de porter à ma bouche la nourriture servie sur les plateaux. Envolé, le sentiment de n'avoir jamais été aimée de personne. Quand je chante, dans la petite chapelle, je suis bien. Si bien que je voudrais ne jamais quitter les lieux...

« Malika ? »

C'est mon père qui, surprise, entre dans ma chambre. Quel jour est-on ? De quel mois ? Je n'en sais toujours rien. Mais l'été resplendit, à travers ma fenêtre. Et à regarder le visage heureux de l'homme qui se penche vers moi et m'entoure de ses bras, je sens que quelque chose de bon va m'arriver.

« Malika, ça y est ! » dit-il.

Ça y est ? Qu'est-ce qui y est ? Je vais pouvoir me lever ? Poser mes pieds sur le sol ? Remarcher ? Non. Cela, c'est encore du domaine du rêve. La réalité, c'est que je vais enfin quitter cette chambre d'hôpital. Pas pour rentrer chez moi. Pour me rendre dans une maison de convalescence, qui va

m'accueillir pour quelques semaines. Avant une autre intervention chirurgicale, la quatrième.

« Tu vas voir, dit mon père. Là-bas, tu vas reprendre des
forces. C'est un bel endroit. Tout près de la mer... »

Des bras m'entourent. Ceux de mon père. Je repose
contre lui, tête nichée dans son cou. Je respire son odeur,
sueur et cigarette mêlées, une odeur d'homme qui me bouleverse. Depuis combien de temps est-ce qu'il ne m'a pas
tenue ainsi, tout contre lui ? Et d'ailleurs, l'a-t-il jamais fait ?
Il a fallu l'accident, l'hôpital, la mort si présente pour que
mon père se rapproche de moi. C'est lui qui est venu me
chercher, comme il me l'avait promis. Lui qui, lentement,
délicatement, m'habille, un vêtement après l'autre, le chemisier d'abord, puis la jupe, attention à tes jambes, Malika,
il ne faut pas te faire mal. Lui encore qui m'installe dans
l'ambulance qui nous conduit jusqu'à la gare, lui toujours
qui me porte jusqu'au compartiment du train qui doit nous
emmener à Biarritz – c'est le nom de la ville dans laquelle
se trouve la fameuse maison de convalescence. Nous sommes
seuls, pour le moment, dans l'habitacle étroit, et je m'en
réjouis. Au sortir de ma si longue retraite, je suis heureuse
de retrouver la ville, l'animation, le bruit – tout ce que j'ai
passé de si longs moments à imaginer, dans la solitude de
ma chambre. Je savoure la caresse du soleil sur ma peau, je
respire, avec force, l'air chargé d'odeurs familières : gasoil
et parfum, fleurs et fruits. Je regarde les vitrines des boutiques. Et puis, très vite, nous nous retrouvons dans
l'enceinte de la gare d'Austerlitz. Et là, d'un coup, tout
change. Car alors que nous traversons les lieux, vaille que
vaille, je surprends les regards curieux posés sur le drôle de
couple que nous formons, mon père et moi : un Arabe et sa

fille handicapée, dans un fauteuil roulant. À cinq ans et demi, je ne sais rien encore du racisme ou de la guerre d'Algérie qui fait rage. Mais je sais lire dans les yeux des gens qui nous regardent la haine, la vindicte, ou la colère. Les regards qu'ils posent sur nous questionnent : que font-ils là, ceux-là ? Pourquoi est-ce qu'ils ne sont pas là-bas, chez eux ? Est-ce que ce type-là n'est pas un terroriste, comme tous ceux de sa race ? Est-ce qu'il ne se sert pas de sa gamine comme d'un leurre, pour circuler plus facilement ? À plusieurs reprises, nous croisons des policiers, qui posent sur nous des yeux soupçonneux. Et si aucun d'eux ne nous arrête, je devine, d'instinct, que cela aurait pu se produire sans que quiconque s'en offusque. Voilà pourquoi j'espère si fort que mon père et moi resterons seuls dans notre compartiment – et tel est bien le cas, jusqu'à ce que le train démarre enfin.

Silence. Obscurité. Il fait très noir, dehors. On ne distingue rien du paysage. Il n'y a que les cahots, le bruit des roues, et ces arrêts réguliers dans des gares peu éclairées. Chaque fois, c'est la même chose. Le train freine à grand-peine, dans un crissement terrible. Il s'immobilise, une voix résonne, venue d'un haut-parleur. Elle annonce la gare – un nom de ville que je ne connais pas. Dehors, sur le quai, je devine des voyageurs harassés, femmes emmitouflées dans de longs manteaux, hommes aux visages mal rasés, enfants ensommeillés, hagards, qui les suivent tant bien que mal et montent les hautes marches menant aux compartiments. Aux pas dans le couloir, aux voix sourdes cherchant leurs numéros de place, aux portes tirées sans ménagement, je devine qu'ils s'installent, soucieux de poser leurs lourdes valises et de s'asseoir enfin. Puis, lentement, pesamment, le train repart, et je me blottis de nouveau contre mon père. Depuis qu'il est venu me chercher à l'hôpital, il ne m'a pratiquement rien dit – mais je le sais, il n'a jamais été bavard. Quand il parle, il pèse ses mots, n'en avance jamais un qui ne soit juste. Tout le contraire de ma mère, toujours prête à se lancer dans de grandes discussions, à moins qu'elle ne vous invective, pleine de rage et de colère. Lorsque je me rappelle ses cris, je tremble encore, rétrospectivement. Pourtant, elle me manque, ma mère – un manque sourd, qui creuse ma poitrine comme le ferait une mauvaise blessure, et fait parfois monter à mes yeux de grosses larmes. Pourquoi ne vient-elle plus me voir ? La dernière fois, les arbres n'avaient pas encore de feuilles. L'hiver, comme dit Gabrielle...

Un cahot plus fort que les autres. Le train roule très vite maintenant. Il tangue. À droite. À gauche. D'un coup, j'ai peur qu'il quitte les rails et se couche violemment sur le bas-côté. Je m'accroche plus fort encore au cou de mon père, et je ferme les yeux. La peur ne disparaît pas – pas complètement en tout cas. Mais peu à peu, je m'engourdis, je me détends. Et pour finir, enfin, je plonge dans le sommeil.

Lumière. Un rai de soleil vient se poser sur mon visage. Les rideaux sombres du compartiment sont encore tirés, mais je devine que dehors, il fait grand jour. Mon père se réveille – un homme au visage fatigué dont la maigreur me frappe tout à coup. Depuis combien de temps est-ce que ses joues sont si creuses ? Ces rides, sur son front, quand se sont-elles formées ? Puis cette toux qui le secoue à son réveil, que signe-t-elle ? L'espace de quelques minutes, une sourde angoisse monte en moi. Elle disparaît avec l'arrêt du train. Il entre en gare de Biarritz – notre destination. Il faut que nous quittions notre compartiment. Il faut que nous descendions du train. Mon père me soulève. Il me porte. Nous voilà sur le quai. Là-bas, de l'autre côté des rails, une ambulance nous attend.

Lumière, encore. La chaleur, tout autour de moi. Une autre vie qui commence – c'est au moins ce que l'on me dit. Oubliée, la solitude de l'hôpital. Ici, dans cette maison de convalescence, je vais partager le quotidien des autres enfants. Et si je suis la seule à ne pas pouvoir marcher, je n'en dois pas moins me plier aux règles de la communauté. Mon père est encore à côté de moi quand la religieuse qui nous a accueillis nous l'explique.

« Tu vois, Malika, dit-il. Tu vas enfin avoir des amies. »

Des amies ? Je n'en veux pas. Pour avoir vécu seule si longtemps, je suis devenue rétive, sauvage, perdue dans un monde intérieur peuplé de chants et d'odeurs d'encens. Ce que je veux, c'est partir d'ici, reprendre le train, retrouver les bras de mon père autour de moi, poser ma tête contre son épaule, dormir, et me réveiller chez moi, chez nous, au milieu des rires et des cris de mes frères et sœurs. Ce que je veux, c'est me lever et marcher, les pieds glissés dans ces sandalettes blanches toutes neuves dont je n'ai jamais pu profiter, même si, pour cela, il me faut revenir en arrière, retourner à cet instant où je jouais sur le trottoir sans me soucier du camion qui reculait sur moi.

Mais j'ai beau fermer les yeux et serrer de toutes mes forces la main de mon père, je reste là, dans le hall rococo de l'ancien château transformé en maison de convalescence. Pire encore. Mon père, ce lâche, se détourne de moi. Il évite mon regard suppliant. Il me tourne le dos. Il s'en va, longue silhouette maigre qui passe la porte. Et moi, larmes refoulées, je suis la religieuse qui me guide jusqu'au dortoir...

La mer – une mer agitée, qui se brise en grosses vagues sur la plage de galets. Cette mer que j'ai découverte, voilà deux semaines maintenant, et que je contemple pendant des heures sans me lasser. Les autres enfants courent et crient sur la plage. Certains se hasardent jusqu'à l'eau, y trempent leurs pieds, et même leurs chevilles. Leurs jeux me sont toujours interdits, puisque je ne suis toujours pas autorisée à marcher. Quand on me conduit ici, c'est en fauteuil roulant ; on me porte, ensuite, jusqu'à l'endroit où je reste assise, à regarder autour de moi. Mais cette inactivité ne me gêne pas, perdue que je suis dans ma contemplation de l'eau mouvante. Je guette, au loin, la formation des vagues, j'estime leur force à la crête d'écume qui les surmonte, je les suis des yeux au moment où elles s'enroulent sur elles-mêmes avant de se dresser, très hautes, et de retomber avec fracas sur la grève. Les vagues, ici, sont mes seules amies. Personne d'autre qu'elles ne me parle, personne ne chante aucune berceuse à mon oreille. Gabrielle, l'infirmière, était douce et tendre. Sœur Marguerite savait me captiver par ses histoires. Ici, il me semble que je suis transparente, que personne ne me voit. Les autres enfants ne m'approchent pas. Parce que mes jambes, couturées d'énormes cicatrices encore à vif, sont cerclées de métal, et font de moi une sorte de monstre, mi-fillette, mi-infirme ? À cause de mon teint mat, de mes cheveux et de mes yeux trop noirs ? Ou bien tout simplement parce que je suis si timide que je n'ouvre pratiquement jamais la bouche ? Qu'importe, après tout. Au final, je n'ai aucune amie de mon âge. Quant au personnel soignant, il fait son travail, de son mieux, mais sans état d'âme. Restent quelques joies, tout de même. Les promenades au bord de la mer. Les visites à la chapelle, détestées de toutes les autres pensionnaires. Et ces journées trop courtes où mon père vient me voir, et passe quelques heures avec moi sur le rivage. La joie de le retrouver est pourtant doublée d'une sourde inquiétude : Mohamed est de plus en plus maigre, de plus en plus pâle. Ses traits sont tirés, sa toux incessante. Mais bien sûr, il ne se plaint jamais. Il me parle seulement de cette famille qui est la mienne et qui m'attend, à la maison.

Mais il a beau faire, beau dire, mes souvenirs de ce foyer s'estompent, jusqu'à être presque inexistants.

4

L'hôpital, de nouveau. Cet hôpital de Nanterre où j'ai déjà passé plus de deux ans. J'y ai désormais mes habitudes. La pièce aux murs beiges, au plafond blanc, à la fenêtre donnant sur les arbres est devenue « ma » chambre. Dans le placard sont rangés mes poupées, mes cubes de bois, mes friandises, quelques vêtements, rarement portés. Je passe ma vie en chemise de nuit ou en pyjama, assise ou allongée. Et la routine quotidienne efface peu à peu tous mes souvenirs de petite fille. Dehors, dans la vraie vie, j'ai eu des frères et des sœurs. J'ai tremblé devant les colères de ma mère, évité tant bien que mal ses gifles, bouché mes oreilles pour ne pas entendre ses cris. J'ai aimé jouer à l'épicière, dans la petite boutique de mon père, j'ai fait mine de rendre la monnaie avec les haricots secs qu'il me donnait. J'ai mangé avec gourmandise les pâtisseries au miel fabriquées lors du ramadan. Ma mère m'a démêlé les cheveux, elle les a tressés en longues nattes bien serrées, peut-être même y a-t-elle posé du henné. Aujourd'hui – mais quel jour est-on ? de quel mois ? je n'en sais toujours rien –, il n'y a plus dans ma vie que le quotidien de l'hôpital. La visite du matin. Les pansements, faits et refaits, et encore défaits. La toilette rapide, les cheveux coupés court, une fois par mois, les repas que

51

je prends parfois au réfectoire, dans les odeurs de soupe ou de purée, le plat que je préfère. La chapelle, le dimanche matin – les chants, que je retrouve. La visite de Gabrielle, mon infirmière de nuit. Les bonjours rapides des aides-soignantes, l'ennui des longues après-midi solitaires, la jachère des heures interminables, passées à rêvasser, regard perdu par la fenêtre. Parfois, un coup de tonnerre brutal bouleverse les choses. On me prend. On m'emmène. On me couche sur une table de fer. On m'endort. Quand je me réveille, mes bras et mes jambes sont perfusés, et les aiguilles trouant ma peau me crucifient. Mais même la souffrance est devenue une vieille amie. Je sais désormais l'apprivoiser, faire avec elle, l'oublier au gré de mes songeries. Je dors. Je me réveille. Je m'endors de nouveau. Autour de moi, rien ne bouge, rien ne change. L'hôpital est là, qui s'endort et qui s'éveille avec moi. Un cocon inconfortable, dans lequel je grandis, vaille que vaille – et duquel je ne sors que pour quelques jours, ou quelques semaines.

Une chambre aux murs tapissés de bleu. Un grand lit de fer forgé, sur lequel je suis allongée – seule. Ce matin, surprise. Une ambulance est venue me chercher et m'a emmenée rue Pascal. Une « permission de sortie » qui m'est accordée parce que je vais mieux, et que les médecins ont jugé bon de me rendre pour quelques jours à mes parents. C'est la première fois depuis l'accident que je rentre chez moi. Mais il y a si longtemps que j'en suis partie que je ne reconnais rien. Ni la maison, bien plus petite que dans mon souvenir. Ni mes frères et sœurs, qui se rassemblent autour de moi à mon arrivée. Ils sont tous là, Hayat et Bibi, Taieb et Mohamed, et bien sûr Djamila. Ils me regardent traverser la petite cour, portée par les ambulanciers. Serrés les uns contre les autres, ils forment un groupe curieux, un rien hostile, qui s'écarte à peine pour nous laisser entrer. Derrière la porte, ma mère est là, qui m'attend, elle aussi. Quand elle m'aperçoit, petite fille très maigre aux jambes pendantes, elle esquisse un petit sourire, vite transformé en grimace. Ensuite, elle demande à l'homme qui me porte de rentrer dans la chambre de droite, celle dans laquelle, avant l'accident, je dormais avec toute la fratrie. C'est là qu'ils viennent me voir, les uns après les autres. Mais aucun d'eux ne reste très longtemps près de moi. Et ma mère s'est à peine assise à mon chevet qu'elle m'abandonne déjà pour aller vaquer à ses tâches ménagères. Me voilà seule, comme à l'hôpital. Les autres sont tous réunis dans l'autre pièce. Je les entends parler et rire. Je devine qu'ils mangent, au bruit des assiettes qui s'entrechoquent, et aussi à cette odeur lourde et épicée qui envahit la pièce où je repose. Par la porte entrouverte, j'aperçois un poêle à charbon dont le foyer rougeoie. Il doit faire bon être assise près du feu, tout près des membres de ma famille. Mais aucun d'entre eux ne vient me chercher. Alors, dans un réflexe bien établi, je laisse mon esprit s'évader, vagabonder, se perdre dans les visions qui, d'ordinaire, m'amènent au sommeil. La chapelle et ses odeurs d'encens. Les voix des religieuses s'élevant dans le silence de l'aube. Les vagues se brisant sur la grève. Et c'est à peine si je sens, sur mon bras, la caresse d'une main – celle de mon père, rentré de l'épicerie, et qui vient m'embrasser.

Hiver 1962. L'hiver de mes six ans. L'époque à laquelle les médecins décident que je peux enfin réapprendre à marcher. Les os de mon bassin et de ma jambe droite sont, à les en croire, consolidés. Restent les muscles, atrophiés par ma longue immobilité, et qu'il va falloir rééduquer. Tous les matins, un kinésithérapeute s'y emploie. Il tire sur mes jambes blessées, les manipule comme il le ferait d'objets inanimés. Millimètre par millimètre, il tente de redonner vigueur à mes chairs. Gare à moi si je proteste. Honte à moi si je crie. L'homme, un grand gaillard musclé, élève la voix pour me faire taire. Et si je pleure, il redouble de violence, triture avec plus de force encore mes jambes douloureuses. « Je te fais mal, gronde-t-il. Mais c'est pour ton bien. » Alors, pour finir, je me tais, et je le laisse faire. Le voilà qui tire ma jambe droite, déplie le genou trop raide, fait jouer l'articulation, millimètre par millimètre. Sur ma cuisse, la peau couturée résiste, tant bien que mal. Mais je devine que les cicatrices trop fraîches encore pourraient bien, si l'homme continue, se rompre et se remettre à saigner. Qu'importe. Il continue, tire plus fort encore, empoigne le muscle du mollet, le pétrit de toute la vigueur de ses mains, avant de passer à la jambe gauche... J'ai mal. Un mal terrible, qui envahit tout mon corps comme une lèpre. Mais je me tais toujours. Je laisse faire. Et le déclic se produit. Mon corps est dans la pièce, un corps malade de douleur. Mon esprit, lui, est ailleurs – où exactement, je ne saurais le dire, mais ailleurs. Il y a la Malika qui a mal, et celle qui dort. L'enfant qui pleure, et celle qui ne sent plus les larmes rouler sur ses joues. La gisante et l'absente, qui regarde, d'en haut, l'homme qui continue de la torturer.

« C'est bien, Malika, dit-il. Tu vas voir. Encore quelques séances, et tu pourras poser les pieds par terre... »

Poser les pieds par terre ? Oui. C'est bien ce que je fais, quelques semaines plus tard. Mais si j'ai cru, naïve, que j'allais gambader, je reviens vite à la réalité. La première fois que je me lève, soutenue par une infirmière, je sens le sol se dérober sous moi – une sensation terrible, celle d'un vide énorme qui se creuse, et dans lequel je bascule. Je n'ai plus de pieds. Je n'ai plus de jambes. Elles sont mortes avec le temps, et ce qui en reste n'est plus qu'un amas de chairs inutiles. Jamais je ne remettrai mes belles sandales blanches. Jamais plus je ne jouerai le long du trottoir. Je suis une infirme, à vie. Autant me résigner – autant me recoucher, tirer les couvertures sur ma tête, et rester là, à attendre que le sommeil me prenne.

« Allez, Malika. Reste debout. »

L'infirmière insiste. Elle passe l'un de ses bras autour de ma taille, m'oblige à laisser mes pieds posés sur le sol. En vain. Le vide est toujours là. Mais à l'en croire, il faut que j'insiste, et il disparaîtra. Encore une promesse – l'une de ces promesses que les femmes en blouses blanches me font sans cesse. Combien en ai-je entendues ? Combien en ai-je crues ? Si tu te tiens tranquille, je ne te ferai pas mal. Si tu ne bouges pas, l'aiguille rentrera très bien dans ta veine. Si tu manges, tu vas reprendre des forces...

« Allez, on arrête pour aujourd'hui. Demain, on reprendra. »

Voilà. C'est fini. Je retrouve mon lit avec soulagement. Je déplie mes jambes, délicatement, dans leur position habituelle, celle qui me fait le moins mal. La droite, toute droite. La gauche, un peu repliée sur elle-même. Je me cale sur mon oreiller. Je ferme les yeux. Et quand je sens le sommeil m'engloutir, je prie, en silence, pour ne plus me réveiller.

Hiver, encore. Un médecin vient. Il regarde mes jambes. Ensuite, il s'entretient longuement avec l'un de ses collègues, arrivé un peu après lui. J'ai les yeux fermés – depuis mon infructueuse tentative pour me mettre debout, je me suis repliée sur moi-même et sur mes rêves, et je n'ouvre plus qu'à peine les paupières. Mais pour autant, j'entends ce que les praticiens se disent. Il était question d'« appareillage ». Un appareillage, qu'est-ce que c'est ? J'ai la réponse quelques heures plus tard, quand une infirmière, une autre, une nouvelle, arrive dans ma chambre, des morceaux de fer plein les bras. C'est cela, l'appareillage. Des attelles qu'elle attache à mes jambes dans le but de les soutenir en position verticale. Me voilà debout, pour la première fois depuis trois ans et demi. Accrochée à l'infirmière, je reste encore incrédule. Mais je dois bien me rendre à l'évidence. Mes jambes ne se dérobent plus sous mon poids. Mieux encore : avec l'aide de deux béquilles, je réussis à faire quelques pas – les premiers d'un très long apprentissage. Marcher, avant, c'était naturel. Je n'y pensais même pas. Aujourd'hui, c'est long et difficile. Je dois, pour avancer de quelques mètres, fournir les efforts d'un marathonien, calculer chaque pas. Mais qu'importe. J'arrive à faire le tour de ma chambre, même si cela me prend près d'une demi-heure...

Hiver, toujours. Je quitte de nouveau l'hôpital pour la rue Pascal. La chambre bleue m'y est réservée, mais l'accueil de mes frères et sœurs est une fois de plus très distant. Et puis, il règne à la maison une atmosphère étrange. Ma mère semble inquiète, pour ne pas dire anxieuse. Elle interdit aux plus vieux de mes frères de sortir le soir, et elle tient avec mon père de longs conciliabules. Il y est question de la guerre d'Algérie, d'un mouvement appelé FLN, de faux papiers, d'armes, de munitions. Souvent, après quelques minutes, la discussion tourne à la dispute, le ton monte. Ma mère prend une voix geignarde, puis furieuse. Mon père s'énerve, lui aussi. Par la porte entrebâillée, je le vois lever la main sur elle et lui asséner une gifle sonore, qui claque sur sa joue. Ma mère recule d'un pas. Puis, comme il se rue sur elle, elle se précipite dans ma chambre, s'empare de moi, me soulève, me serre contre elle. Elle se retourne vers mon père en me tenant devant elle, comme un bouclier. Et elle se met à l'injurier...

Six heures du matin. Le jour n'est pas encore levé, mais je suis réveillée depuis longtemps. Est-ce que j'ai dormi, d'ailleurs ? Je n'en suis pas sûre. Le souvenir de la scène d'hier m'en a empêchée. Toute la nuit, j'ai revu mon père, le visage rouge de colère, le bras levé sur ma mère hurlante. J'ai entendu le bruit de la gifle qu'il lui a assénée, je l'ai sentie m'empoigner rudement. Ses mains sont encore autour de moi, des mains dures, impitoyables, qui s'enfoncent dans mes chairs comme le feraient des serres. Je suis emportée, plaquée contre sa poitrine. Me voilà face à mon père, toujours furieux, mais qui hésite à cogner de nouveau, pour ne pas me blesser...

Des coups, à la porte. Je sursaute. Qui peut frapper avec cette violence, à cette heure ? Lentement, prudemment, je me redresse, puis je bascule sur le côté pour sortir du lit. Sans attelles, mes jambes ne sont pas encore bien solides, mais elles me portent tout de même jusque devant la porte, que j'entrouvre, avant de me laisser glisser au sol. Dans la pièce voisine, tout le monde se lève, très vite, dans un grand brouhaha. Dans l'obscurité, je ne peux distinguer les visages de mes frères et sœurs, ni ceux de mes parents. Mais à leurs chuchotements, je comprends qu'ils sont affolés. Et dehors, sur la porte, les coups redoublent.

« Ouvrez ! crie-t-on. Police ! »

La police ? D'un coup, mon cœur se met à battre à toute allure. Je sais d'instinct que les hommes qui entrent à présent dans notre maison en veulent à mon père. Et c'est bien lui qu'ils empoignent. Lui qu'ils emmènent, tandis que l'un d'eux fait rapidement le tour de la maison, fouillant les meubles et les placards, soulevant les matelas, avant de descendre à la cave – cette cave où, je le sais depuis hier soir, des armes ont été entreposées. Vient ensuite le tour de ma mère, car elle aussi est entraînée, emmenée...

Arrêtés. Mes parents ont été arrêtés. Je devrais être terrifiée, ou, à tout le moins, désespérée. Mais curieusement, je ne ressens rien, pas même de l'inquiétude. L'accident, les multiples interventions chirurgicales m'ont appris à me préserver. Quand un sentiment trop intense menace de me faire vaciller, je ferme mon esprit, et c'est comme si la reine des Neiges elle-même m'avait jeté un sort, comme si j'étais gelée. Je ne souffre pas. Je ne m'inquiète pas. J'attends tout simplement que les choses passent, et que la situation redevienne, sinon normale, du moins tolérable. Cette fois-là, il me faudra patienter quarante-huit heures – le temps d'une garde à vue, celle de ma mère. Durant son absence, Hayat prend en charge la maisonnée. Elle cuisine, nous sert à manger, fait le ménage, et répond du mieux qu'elle le peut aux questions des voisins et des amis, venus en masse nous soutenir. Nous, les enfants Bellaribi, nous nous taisons. Nous attendons. Une petite troupe désemparée qui, pour se rassurer, accomplit les gestes quotidiens... Bibi mange trop, comme d'habitude. Djamila se coiffe, se recoiffe, se décoiffe de nouveau. Mohamed tape dans un vieux ballon. Moi, je regarde par la fenêtre, comme je regardais, à l'hôpital. Une sœur Anne au visage figé, au corps immobile. Le jour s'en va. La nuit arrive. Aucun d'entre nous ne parvient à trouver le sommeil. Au petit matin, Hayat se lève, prépare le café, les tartines. La même odeur qu'à l'ordinaire se répand dans notre maison, mais nous n'y trouvons aucun réconfort. Qu'allons-nous faire, qu'allons-nous devenir, si nos parents ne reviennent pas ? Devrons-nous partir, être séparés, nous retrouver à l'orphelinat ou, pire encore, retourner au « bled », là-bas en Algérie, un pays où aucun de nous n'a jamais mis les pieds ? Mes frères et mes sœurs chuchotent, entre eux. Je peux lire sur leurs visages la crainte et le chagrin, l'amertume et l'espoir, chaque fois que dans la rue des pas se font entendre. Mais ils s'en vont, se perdent, le silence revient. Et l'attente recommence. Longue. Interminable. Puis, enfin, enfin ! au moment où nous n'y croyons plus, la porte de la maison s'ouvre.

Si Fatima a souffert de son incarcération, elle n'en porte pas trace sur son visage, tout juste un peu plus fermé qu'à l'habitude. Nous nous précipitons vers elle, nous l'entourons, nous l'embrassons. Pour une fois, elle nous rend nos baisers, elle nous enlace, elle aussi – elle pleure même, en tenant Bibi serré contre elle. Mais elle ne nous donne aucune explication, ne dit pas un mot de ce qu'elle a vécu, elle ne nous parle pas de notre père. Où est-il, va-t-il revenir, lui aussi ? Ou bien, comme un voisin l'a suggéré hier, a-t-il été jeté en prison ? Nous n'en saurons rien.

Le lendemain, je repars en ambulance. Je regarde la ville défiler autour de moi. La reine des Neiges n'a pas levé le sort. Je suis toujours gelée, au fond de moi. Je m'endors.

Cannes. Une nouvelle maison de repos : la maison de Nazareth. À mon arrivée, les religieuses qui gèrent les lieux me donnent un uniforme. La jupe est bleu marine, le chemisier blanc. Ainsi vêtue, je suis censée ressembler à toutes les autres pensionnaires. Je n'en parais que plus différente, avec ma peau mate et mes yeux noirs. Une fois de plus, je suis l'étrangère, la fille d'un « bicot ». Comme si cela ne suffisait pas, mes jambes toujours aussi maigres sont harnachées de métal, et je ne me déplace qu'avec des béquilles. Quand j'arrive, les autres s'écartent. Elles m'ont surnommée « jambes de fer », et ne se privent pas de rire de mes efforts pour marcher le plus normalement possible. Moi, je les ignore, ou je fais semblant – et je m'efforce de me faire la plus transparente possible. Je ne dis pas un mot. Je rase les murs. Au réfectoire, je mange ce qu'on me donne, sans jamais demander une ration supplémentaire. Le soir, dans le dortoir, je rejoins mon lit à barreaux et je m'étends avant de fermer les yeux, ignorant les chuchotements des autres. Et j'essaie, aussi, de me plier du mieux que je le peux aux exigences des nonnes qui s'occupent de moi.

C'est à Cannes qu'elles m'ont appris à prier – sans se soucier, une seule minute, du fait que j'étais musulmane. Aucune d'entre elles ne m'a demandé si je croyais à Allah, ni si, chez moi, on respectait le ramadan. Bien au contraire. Les religieuses à cornettes, vêtues de longues aubes bleues, m'ont enseigné, avec vigueur, les règles de la foi chrétienne. Sœur Marguerite m'avait déjà raconté l'histoire de Jésus-Christ, ce Dieu envoyé sur terre pour sauver l'humanité. Celles-ci vont plus loin dans le catéchisme et les pratiques religieuses. À dire vrai, cela ne me gêne pas, bien au contraire. J'aime les écouter, et rêver, ensuite, d'un pays où couleraient le lait et le miel, et où tous les hommes s'aimeraient les uns les autres. Jour après jour, je m'imprègne de la religion chrétienne – et j'apprends bien plus facilement le *Notre Père* et le *Je vous salue Marie* que les lettres de l'alphabet...

J'ai six ans et demi. Je devrais avoir appris à lire et à écrire, connaître les jours de la semaine, savoir compter, aussi. Tel n'est pas le cas : personne, à l'hôpital de Nanterre, ne s'est soucié de mon inculture. À Cannes, il en est autrement, et sœur Jeanne, l'institutrice chargée des cours, décide de me faire rattraper mon retard. Elle a du mal, je dois l'avouer. Car si je vais en classe comme les autres – les cours sont dispensés dans une petite salle attenante au réfectoire –, j'ai bien du mal à me concentrer. Les lettres, les chiffres sont pour moi autant de hiéroglyphes. J'ai beau tenter de les identifier, de les écrire, je les mélange, je les confonds, et mon porte-plume ne trace, la plupart du temps, que d'énormes ratures...

Une silhouette vêtue de noir s'encadre dans l'embrasure de la porte. C'est ma mère – ma mère qui, sœur Jeanne vient de me l'annoncer, est venue me chercher. En la voyant, je ne ressens aucune joie, plutôt de l'agacement. Je commençais à m'habituer à la maison de Nazareth. J'y avais pris mes repères – la messe, le matin, suivie d'un petit déjeuner au réfectoire, la classe, le déjeuner, avec parfois mon plat préféré, de la purée au beurre, les soins l'après-midi, des séances de rayons bronzants sur les jambes et les fesses, puis le goûter, pain noir et chocolat, et cette étude du soir précédant une dernière visite au Christ, dans la chapelle ornée de superbes vitraux. Hier, j'ai réussi à lire une phrase entière. Et je commence à maîtriser l'écriture. En un mot, je suis bien ici. Je ne suis plus l'étrangère – les autres se sont même habituées à ma compagnie. Toute cette quiétude, ma mère va me l'enlever, et pourquoi ? Aller à l'hôpital, une fois encore ?

« Malika... »

Sœur Jeanne me pousse vers ma mère. Je m'avance à regret. J'arrive devant elle. Je lève mon visage pour qu'elle puisse m'embrasser. Mais elle ne se baisse pas comme je m'y attendais. Elle me regarde simplement, avant de murmurer :

« Ton père veut te voir. »

L'espace d'un instant, je me fige. Quelque chose d'anormal s'est produit, je le sais, je le sens. Pourquoi n'est-il pas tout simplement venu lui-même ? J'aurais aimé lui faire visiter la maison de Nazareth, lui montrer l'endroit où je dors, le réfectoire, la chapelle...

« Ton père est à l'hôpital, ajoute ma mère. Il a demandé à ce que tu lui rendes visite. »

Un grand bâtiment aux murs blancs, planté au milieu d'un immense parc. C'est là que se trouve mon père. Quand a-t-il été admis à l'hôpital Foch ? De quelle maladie souffre-t-il exactement ? Ma mère ne me le dit pas. Elle ne me parle qu'à peine, d'ailleurs, depuis qu'elle m'a récupérée à Cannes. Et je me garde bien d'engager la conversation. Je connais assez Fatima. Je sais que lorsqu'elle a ce front plissé, ce regard noir, il vaut mieux éviter de lui adresser la parole. Depuis mon accident, elle ne m'a pas giflée, pas même grondée. Ce n'est pas aujourd'hui que je vais risquer un incident. De toute façon, il me suffit d'attendre pour savoir. Mon père, lui, va tout m'expliquer.

En traversant le parc, claudiquant sur mes béquilles, je ne suis pas encore trop inquiète. En fait, j'éprouve même un certain bonheur. Il fait beau. À droite et à gauche de la route sur laquelle j'avance cahin-caha, l'herbe est très verte, semée par endroits de petites fleurs. Je goûte le spectacle, et laisse aller mon imagination. Je me vois entrer dans la chambre où repose mon père, marcher jusqu'à lui pour me blottir dans ses bras. Je sens son odeur, sueur et tabac mêlés. J'imagine, au creux de mon oreille, le son de sa voix, à la fois rauque et tendre.

« Bonjour, Malika. Tu vois, je ne vais pas très fort. Mais rassure-toi. Je vais guérir, comme toi... »

Mais les choses ne se déroulent pas du tout comme je l'ai prévu. Car au moment où nous entrons enfin dans l'hôpital, ma mère s'immobilise.

« Malika, me dit-elle, il faut que je te prévienne. Ton père souffre d'une maladie très grave et très contagieuse : la tuberculose. Tu ne pourras pas l'approcher. »

Une maladie grave et contagieuse. Pas l'approcher. Les mots résonnent dans ma tête. Ils me font mal, plus mal que ne le feraient des coups. Mais je ne veux pas, je ne peux pas les accepter. Ma mère doit me mentir. Elle doit exagérer. Elle a toujours eu le don de faire une montagne d'un petit rien.

« Allez, Malika. Viens. »

Ma mère reprend son chemin. Nous montons dans un ascenseur. Nous en sortons au deuxième étage. L'air sent l'éther et le désinfectant, des hommes et des femmes en blouses blanches s'affairent dans le couloir. Quelques pas encore et nous y sommes. Là, derrière une baie vitrée, dans un lit aux draps très blancs, repose mon père. Je m'approche le plus que je peux, je colle mon nez au carreau. Puis je recule. Impossible. Cet homme pâle et maigre, aux allures de gisant, ne peut être mon père. Mohamed, c'est un beau monsieur, aux épaules larges, toujours bien habillé, pas un moribond qui cherche l'air désespérément. Pourtant, comme il tourne la tête dans notre direction, je dois me rendre à l'évidence. C'est bien mon père, ce malade aux yeux fiévreux, qui tousse à s'en arracher la poitrine...

5

1963. Je viens de fêter mes huit ans à Pau, dans ma troisième maison de convalescence. Un château plein de couloirs, de portes, de coins et de recoins, d'immenses salles aux plafonds richement décorés. Ici tout me semble démesuré, et pourtant familier. Le réfectoire, garni de grosses tables de bois, où flotte en permanence une odeur de soupe chaude. Les dortoirs, dont nous faisons briller chaque matin, à l'aide de patins, les parquets cirés. La salle de jeux, où je fais connaissance avec mes nouvelles compagnes. Ce que je préfère, c'est me promener dans la campagne – ma marche n'est pas très aisée, mais désormais, je n'ai plus besoin de mes béquilles. À mes côtés, Bilou, le chien du domaine, un bâtard aux longs poils blancs très doux. Il m'accompagne dans les vignes ou dans les prés où percent les premiers bourgeons des jonquilles. Je lui lance un bâton, qu'il me rapporte. Une fois. Deux fois. Dix fois. Quand je suis fatiguée, je m'écroule au pied d'un arbre, et il s'assied tout près de moi. Je le caresse longuement, alors qu'il me regarde de ses grands yeux doux. Je lui parle de mon père, mort peu de temps après ma visite à l'hôpital. Je lui confie combien il me manque. Et quand d'aventure quelques larmes coulent de mes yeux, il me lèche la main, comme pour me consoler.

Seize heures. Avec les autres pensionnaires de la maison de convalescence, j'attends le goûter. Il fait très beau, aujourd'hui, et nous sommes dehors, sur le perron. C'est là que dans quelques minutes, une religieuse va apporter les panières contenant du pain et du chocolat noir. Mais notre attente est distraite par l'arrivée d'un cortège ; là-bas, sur la petite allée qui mène au domaine, deux hommes avancent. Dans leur bras gît Bilou.

« Bilou ? »

Je m'approche le plus vite possible. J'arrive à la hauteur des deux hommes. Je les questionne du regard.

« Il est mort, me dit l'un d'eux. Il a été piqué par une vipère... »

Moi aussi, je veux mourir. Et le plus vite possible, pour rejoindre mon père et le pauvre Bilou. L'animal repose dans un trou fraîchement creusé, dans lequel je viens déposer un bouquet de jonquilles. Je me recueille quelques minutes devant la tombe improvisée, le temps de réciter un *Notre Père*. Ensuite, je prends le chemin des prés. Si je reste dans les herbes hautes, je vais bien finir par croiser le chemin d'un serpent. Il me piquera, comme il a piqué Bilou. Et j'en aurai terminé avec cette vie au cours de laquelle je n'ai connu que des malheurs...

Ce jour-là, je marche longtemps. Quand je finis par m'écrouler de fatigue, le soleil est à son zénith. Je reste là, à pleurer dans l'herbe chaude et sèche. Puis je reprends le chemin du retour. Sur le perron, une religieuse m'attend. Elle ne me gronde pas à cause de ma longue absence. Elle me fait simplement rentrer dans le château, comme si de rien n'était. La vie reprend, un jour après l'autre – jusqu'à ce que l'on m'annonce que mon séjour est terminé, et que ma mère va venir me chercher.

Un dernier tour du château. Le dortoir. Le réfectoire. La salle de classe. La chapelle. Un coup d'œil dehors, dans la cour, où mes camarades jouent. Une religieuse m'installe dans un petit salon meublé d'une table et de deux chaises, l'endroit où les enfants attendent leurs visiteurs. Dès que ma mère arrivera, on viendra me chercher pour m'amener à elle. Et nous partirons, ensemble. Dire que cette perspective m'enchante serait mentir. Mais de toute façon, je sais qu'il est inutile de protester. Alors je reste là, sur ma chaise, sans rien faire, sans rien dire – spectatrice de ma vie, comme d'habitude. Au mur, une pendule marque dix heures du matin. J'ai récemment appris à lire l'heure, et je n'en suis pas peu fière. Ma mère ne devrait pas tarder à arriver, puisque toutes les sorties se font avant midi. Comment allons-nous rentrer à Paris ? En train ? En ambulance ? Et là-bas, que va-t-il se passer ? Est-ce que je vais être encore une fois hospitalisée, subir une nouvelle intervention chirurgicale ? Ou bien est-ce que je pourrai, enfin, aller à l'école, comme tous les autres enfants ? Tandis que je tourne et retourne ces questions dans ma tête, les aiguilles de la pendule avancent lentement. Il est dix heures dix. Dix heures vingt. Dix heures trente... Engourdie par ma longue immobilité, je me lève avec précaution – je n'ai pas envie que mes jambes se dérobent sous mon poids. Ensuite, je marche jusqu'à la porte, que j'entrouvre. Il n'y a personne dans le couloir. Aucun bruit ne résonne. Un instant, je me demande si je dois sortir de la pièce et gagner l'accueil, pour demander ce qui se passe. Puis j'y renonce. Si je ne suis pas là au moment où ma mère arrive, elle va s'énerver, se fâcher. Mieux vaut me rasseoir et attendre.

Midi. Midi et demi. Treize heures. Je suis toujours assise sur ma chaise. Personne n'est venu me chercher. Je me décide à ouvrir la porte de la pièce, une nouvelle fois. Le couloir est toujours désert, mais il y flotte une agréable odeur de nourriture. J'ai faim. Très faim même. Ce matin, je n'ai bu qu'un peu de café au lait. Est-ce que je vais devoir continuer à attendre, sans déjeuner ? Cette fois, je décide que non. Fermant la porte du salon derrière moi, je me dirige vers le réfectoire. À cette heure, il est plein. Mes camarades, assises par tablées de huit, sont en train de déjeuner. Le plat principal, du poulet rôti et des haricots verts, a déjà été servi. À regarder les autres manger, la salive me monte à la bouche.

« Sœur Ursule ? »

Timidement, j'interpelle la religieuse chargée de surveiller le repas. Et celle-ci, quand elle m'aperçoit, s'étonne :

« Malika ? Mais qu'est-ce que tu fais là ? Ta maman n'est pas venue te chercher ? »

Non, ma mère n'est pas venue. Et si j'obtiens le droit de déjeuner avec les autres, je dois, dès la fin du repas, retourner l'attendre dans le petit salon. À en croire les religieuses, elle va bien finir par arriver – même si elle a été retardée.

Mais l'après-midi s'écoule, heure après heure. Et ma mère n'apparaît pas. Au soir, je regagne le dortoir, ma valise à la main. Dans ma tête, des dizaines de questions. Pourquoi Fatima n'est-elle pas venue ? Est-ce qu'elle est malade ? Est-ce qu'elle a eu un accident ? Ou bien est-ce que l'un de mes frères et sœurs lui a posé problème et l'a empêchée de prendre le train ? Mais dans ce cas, pour quelle raison n'a-t-elle pas prévenu les religieuses ? Elle aurait pu envoyer un télégramme, ou même téléphoner, ce n'est pas si difficile, quand même. À moins, bien sûr, qu'elle ne soit morte, comme mon père est mort, comme est mort Bilou ? Dans ce cas, qui va s'occuper de moi, désormais ?

« Malika ? »

Une religieuse s'approche du lit que je suis en train de refaire – les draps bien tirés, la couverture au carré.

« Nous avons essayé de joindre ta maman, me dit-elle. Mais nous n'y sommes pas arrivées. En attendant que cela soit possible, il va falloir que tu ailles dans un foyer de l'Assistance publique. Demain, une assistante sociale viendra te chercher. »

Un foyer de l'Assistance publique ? Une assistante sociale ? Je sens mon cœur s'emballer. Je n'ai que huit ans, mais je sais bien que l'Assistance publique s'occupe des orphelins. Si je dois y aller, c'est que cette fois, c'est sûr. Ma mère est morte...

Mais tel n'est pas le cas. Elle se porte même à merveille – tout comme mes frères et sœurs. Si elle n'est pas venue me chercher, c'est tout simplement parce qu'elle m'a « oubliée ». C'est du moins ce qu'elle explique aux services sociaux, qui ont fini par réussir à la contacter.

Oubliée. J'ai été oubliée par ma mère, comme un vulgaire colis dans une gare. Pourtant, lorsque Fatima se décide enfin à me récupérer, personne ne lui fait le moindre reproche. Au contraire. J'ai le sentiment que les gens de l'Assistance, comme je les appelle, sont très heureux que les choses tournent ainsi. Et toute ma peine, toute mon angoisse, tous mes tourments passent par pertes et profits... J'ai séjourné trois jours dans un centre réservé aux orphelins. J'y ai pleuré pendant toute une nuit. Le lendemain, j'ai posé des questions auxquelles personne n'a répondu. J'ai refusé de manger et de boire, je ne me suis pas changée, j'ai même dormi tout habillée. Mais personne ne s'en est inquiété. Tout ce qui compte, semble-t-il, c'est que les choses rentrent dans l'ordre et que la petite Malika retrouve sa famille – ou ce qui lui en tient lieu...

La rue Pascal, de nouveau. À peine suis-je arrivée que mes frères et sœurs se précipitent sur ma valise. « Qu'est-ce qu'il y a, là-dedans ? » demande Hayat. Je n'ai pas le temps de lui répondre. Djamila l'ouvre déjà, et elle s'empare de mes vêtements, qui m'ont tous été donnés par la Croix-Rouge, les dépliant les uns après les autres : la jupe bleu marine, le chemisier blanc, le pantalon écossais avec son pull bordeaux assorti, le chemisier parme.

« C'est joli, tout ça, dit-elle. Tu me les donnes ? »

Je n'ai pas le temps de répondre qu'elle est déjà partie, mes vêtements dans les bras. Nora, la benjamine, née pendant l'une de mes longues absences, s'empare de mes pyjamas et de ma poupée. Voilà. Je n'ai plus rien que ce que je porte sur moi. Mais ça m'est égal. Tout ce que je souhaite, c'est être adoptée. S'il faut pour cela me retrouver nue, eh bien ! je me mettrai nue...

Mais je comprends très vite que pour l'adoption, c'est raté. Pire. Pour mes frères et sœurs, je suis une sorte de martienne, qui vient d'un autre monde. La preuve ? Nous ne parlons pas la même langue. Je m'exprime dans un français châtié, à l'aide de phrases bien construites. Les miens – les miens ? vraiment ? – parlent arabe. Pour tenter de me faire accepter, j'arrache à ma mémoire quelques mots dans cette langue, ma langue maternelle, après tout. Mais mon accent fait mourir de rire mes frères et sœurs. Et comme j'insiste, pitoyable, ils se donnent la main, forment une ronde, tournent autour de moi, de plus en plus vite : « Ah !

La Française ! hurlent-ils. Ah ! la Française !» Et moi, je sens mes yeux s'emplir de larmes. À Cannes, j'étais la « fille de bicot ». Ici, je suis « la Française ». Est-ce qu'il y aura, un jour, un endroit où l'on ne se moquera pas de moi ? Au centre de la ronde, je pleure à chaudes larmes. Mais je n'attendris ni Hayat, ni Bibi, ni même la petite Nora. Bien au contraire. Devant mon chagrin, ils rient plus fort encore. Et pour finir, ils détalent, me plantant là...

La suite est encore plus difficile à vivre. Car je m'aperçois bien vite que je suis totalement décalée par rapport à cette fratrie élevée vaille que vaille, dans une atmosphère de Grand Guignol. Là d'où je viens – l'hôpital, les maisons de repos –, tout est feutré, silencieux, respectueux. Ici, dès le matin, on crie, on hurle, on se frappe, on pleure. Ma mère, à la moindre contrariété, se laboure les joues de ses ongles. Mes frères refusent de lui obéir, multiplient les gestes et les mots grossiers. Mes sœurs, elles, jouent les pestes, surtout Djamila, la chouchoute, celle à qui ma mère passe tout. Elle refuse d'aider Hayat au ménage et à la cuisine, tire les cheveux de Nora, passe son temps à se regarder dans l'unique miroir de la maison et à se faire de nouvelles coiffures. Quant à moi, je tente, tant bien que mal, de remettre un peu d'ordre dans le capharnaüm qui nous tient lieu de foyer. Le midi, je demande à dresser le couvert – les assiettes au milieu, le couteau à droite, la fourchette à gauche, comme les religieuses me l'ont appris. Mais ma mère crie que tout cela est inutile.

« Mets tout par terre ! lance-t-elle. On se servira... »

Tout par terre. Telle semble être la devise de cette famille. Les vêtements sont posés à même le sol, à côté de chaussures jamais cirées. Le linge, mal lavé au savon de Marseille, n'est jamais repassé. Mon joli chemisier blanc prend vite l'allure d'un chiffon froissé. Un jour, alors que je demande si je peux avoir des pantoufles – impossible de s'en passer, à l'hôpital ou en maison de convalescence –, Bibi éclate de rire. « T'as qu'à prendre les babouches de maman ! » lance-t-il. Et comme j'insiste, il réplique : « Arrête tes conneries... » Conneries ? Un mot interdit, qu'ici, on prononce toute la journée sans qu'aucune sanction ne soit prise. Je glisse, doucement : « Bibi, on ne parle pas comme ça. On dit "bêtises", pas "conneries". – Oh ! crie Hayat. Toi, la bourgeoise, ne la ramène pas. »

Nuit noire. Je suis allongée sur un matelas posé à même le sol. Moi qui d'ordinaire dors dans de beaux draps soigneusement amidonnés, me voilà enveloppée dans une couverture rêche, qui sent la sueur. Mais ce n'est pas le pire. Tout à l'heure, j'ai fait un joli dessin pour ma mère – qu'elle a jeté quand je le lui ai donné. « Qu'est-ce que tu veux que je fasse de ça ? » m'a-t-elle lancé. Je n'ai pas répondu. J'ai récupéré la feuille, et je l'ai posée à même le sol, à côté de ce qui me tient lieu de lit. Décidément, je ne saurai jamais me faire aimer d'elle, ni de mes frères et sœurs, d'ailleurs. Les jours qui passent ne les rendent pas plus tendres vis-à-vis de moi, loin de là. Même le petit Bibi se moque de moi quand j'essaye de lui raconter des contes de fées...

1964. Me voilà une fois de plus hospitalisée à Nanterre, pour subir une greffe de peau. Un changement brutal d'univers – mais dans le tourbillon qu'est ma vie, il ne m'affecte pas plus que ça. Pour avoir passé quelques semaines rue Pascal, je mesure le fossé qui me sépare de ma famille. Je sais que je ne retournerai pas à Cannes, ni à Pau. Au moins, ici, à l'hôpital, je suis comme chez moi, dans ma vraie maison. Étendue dans ma chambre, toujours la même, à croire qu'on me l'a réservée, je retrouve tous mes repères d'enfant. Comme avant, je passe de longues heures à regarder les branches des arbres, par la fenêtre. Et je m'évade en esprit, cherchant au fond de ma mémoire tous les souvenirs heureux que je peux rassembler. Le goût du chocolat noir, qui fond dans la bouche. Celui d'une purée très chaude, généreusement salée. Une promenade dans la campagne, au cours de laquelle je cueille un gros bouquet de pâquerettes. La langue chaude de Bilou qui lèche mes mains. Puis les chants des religieuses, s'élevant dans le calme de la chapelle comme autant de messages apaisants...

Revers de la médaille, une salle d'opération. Encore une. Un masque qui se pose sur mon nez et ma bouche. Encore un. Je sombre dans un grand trou noir, une fois de plus. Et quand je me réveille, une fois de plus, la douleur transperce ma jambe. Combien de jours avant qu'elle s'atténue ? Combien de semaines avant que je puisse marcher de nouveau ? Personne ne me le dit. Le ballet des médecins, des infirmières, des kinésithérapeutes recommence. « Allons, Malika, plie ta jambe, tu peux le faire. » « Allons, Malika, une piqûre, ça n'a jamais tué personne. » « Allons, Malika, il faut te lever, tu dois marcher tous les jours, sinon tes muscles vont s'atrophier »... Au fil du temps, je récupère une partie de mes forces. Mais je me garde bien de le montrer. Je sais d'expérience que si je veux rester encore un peu à l'hôpital, mieux vaut me montrer dolente. Et maintenant que l'opération est derrière moi, je ne demande que ça : rester à l'hôpital.

« Malika, j'ai une bonne nouvelle à t'annoncer. »

L'infirmière qui entre dans ma chambre affiche un sourire radieux.

« Tu sors demain ! dit-elle. Tu es contente ? »

Non. Je ne suis pas contente. Car une fois de plus, je me demande où je vais atterrir. Rue Pascal ? À l'Assistance ? Dans une nouvelle maison de repos ? Je ne pose même pas la question. Parce que j'ai trop peur d'entendre la réponse ? Quoi qu'il en soit, je ferme les yeux, je me mure en moi-même. Je dors – ou au moins je fais semblant. Et je prie pour qu'en moi, la fièvre monte, brûle tout mon corps, empêche mon départ. Après tout, quand on est malade, on reste à l'hôpital, rien de plus normal... Mais malgré tous mes *Notre Père*, tous mes *Je vous salue Marie*, le lendemain matin, le thermomètre affiche trente-six degrés sept. Et ce que je crains tant arrive. On m'habille, on me sort du lit, on m'installe sur un fauteuil roulant. On me porte jusqu'à l'ambulance, on m'y allonge, à l'arrière. Quand le chauffeur démarre, je ferme les yeux. Je ne rouvrirai les paupières que plusieurs heures plus tard, une fois arrivée à destination...

Il y a eu Cannes. Il y a eu Pau. Me voilà cette fois à Chambéry, allez savoir pourquoi. Je ne suis pas placée dans une maison médicalisée, mais chez de braves dames d'origine anglaise. L'une d'elles m'initie aux délices du thé et des scones. L'autre entreprend de me distraire. Un dimanche, elle me conduit jusqu'à sur les pistes d'une station de ski.

« Ça te plairait d'essayer ? » me demande-t-elle.

Monter sur ces deux planches qui glissent à toute vitesse, sans être sûre de pouvoir m'arrêter ? Je refuse tout net. Après tant et tant d'interventions chirurgicales, je n'ai pas envie de me casser une jambe. En revanche, j'accepte de grimper sur une petite luge, et je dévale la pente, mi-effrayée, mi-amusée. Quelques jours plus tard, il me faut partir. Pourquoi ? Je n'en sais rien. C'est comme ça, voilà tout. Moi, Malika Bellaribi, je suis vouée à quitter toutes les personnes auxquelles je m'attache peu ou prou. Je suis, à moi toute seule, une version enfantine du Juif errant. Cette fois, je dépose ma valise en Bretagne, chez de braves gens qui me soignent du mieux qu'ils le peuvent. Je me blottis au fond de mon grand lit-coffre, et j'écoute, inlassablement, les disques de Jeanne Moreau. Je chante avec elle.

J'ai la mémoire qui flanche, j' me souviens plus très bien...

La mémoire qui flanche ? Voilà qui me va bien, à moi aussi. À force de déménager, mon esprit est empli d'un fatras de souvenirs que je n'arrive plus à trier. Où est-ce que je mangeais des croissants tout chauds, le matin ? À Cannes ? À Pau ? Quand ai-je perdu la petite main de Fatma que m'avaient offerte mes parents, une perte qui m'a fait pleurer pendant des jours entiers ? Il y a un an ? Deux ans ? Trois ans ? Et d'ailleurs, cette main de Fatma, me l'a-t-on vraiment offerte, ou bien l'ai-je rêvée ? Combien de fois m'a-t-on opérée, exactement ? Cinq fois ? Six fois ? Sept fois ? Quand exactement ai-je cessé de marcher avec des béquilles ? Et ces chaussures orthopédiques, quand ont-elles remplacé les attelles ? Tout ce qui est sûr, c'est que mes jambes, pour être à peu près fonctionnelles, n'en sont pas moins monstrueuses. La droite, notamment, est couverte d'un lacis de cicatrices boursouflées, plantées dans une peau qui semble morte tant elle est luisante. Cela, c'est du réel – pas du rêve, pas du souvenir. Et la honte que font naître en moi ces jambes d'infirme est bien réelle, elle aussi...

La Bretagne, toujours. J'ai faim, mais je n'ose pas demander à manger. Je vole la soupe du chien, faite à base de pain. Parfois, quand il fait beau, je vais jouer dans la carrière. Je m'y invente des histoires au cours desquelles je suis, successivement, une princesse sauvée par un preux chevalier, une fée capable de réaliser tous les vœux ou, plus prosaïquement une maîtresse d'école qui fait cours à ses élèves. Je ne suis jamais retournée à l'école. À neuf ans, je sais à peine lire et écrire, encore moins compter. Mais comme le disent mes hôtes, ce n'est pas grave. Quand je serai guérie, j'aurai tout le temps de me rattraper. En attendant, on va m'opérer de nouveau, pour tenter de réduire le volume de mes cicatrices. Une intervention de « chirurgie esthétique », comme disent les médecins. Esthétique ou pas, pour moi, cela ne change pas grand-chose. Je suis toujours endormie, réveillée, pansée, perfusée, gisante, pendant de longues journées. Je suis toujours malade, en somme. Et pour me remettre, eh bien ! on va m'envoyer faire un nouveau séjour dans une nouvelle maison de repos. Mais un jour, me promet-on, un jour, Malika, tout ça sera terminé...

6

Voilà. Ça y est. Après neuf années d'allers-retours entre l'hôpital de Nanterre et les maisons de convalescence, je suis revenue rue Pascal, et cette fois définitivement, c'est du moins ce que les médecins ont assuré à ma mère. Je viens tout juste de fêter mes douze ans. Petite et frêle, j'en parais neuf. Mais je vais, enfin, pouvoir mener une vie normale – si tant est que l'existence rue Pascal puisse être qualifiée ainsi. À chacun de mes séjours dans ma famille, j'ai ressenti la même impression. Celle de débarquer dans une maison de fous. Ici, on hurle, on court, on pleure, on crie, et le désordre est total. Ma mère, plus autoritaire que jamais, joue avec les nerfs des uns et des autres, alternant la douceur et la violence. Aucun de ses enfants ne trouve grâce à ses yeux, hormis Amar et Djamila, qu'elle trouve « intelligente ». Le teint blanc, les cheveux raides, ma sœur en profite pour jouer les orgueilleuses. Elle se fait volontiers passer pour une « Française », exige qu'on l'appelle Isabelle, et m'a cruellement surnommée « la négresse à plateau », à cause de mon teint foncé et de mon nez très rond. Hayat, notre aînée à toutes les deux, est quant à elle une sorte de Cendrillon, vouée à toutes les tâches ménagères. Du matin au soir et du soir au matin, elle lave, repasse, fait la vaisselle, nettoie le sol, bref, elle sert de bonniche, sans aucun espoir de voir un jour apparaître un prince charmant. Mohamed surveille les deux plus petits : Bibi et Nora. Quant à Dodi et à Amar, ils remplacent, vaille que vaille, mon père disparu. Depuis sa mort, la famille est sans ressources, ou presque. L'un de mes oncles a récupéré l'épicerie, sans donner un sou à ma mère en contrepartie. Celle-ci, pour nous faire vivre, doit faire des ménages. Et tout le monde s'entasse dans les deux pièces de la vieille maison de la rue Pascal...

Des lits superposés collés aux murs. Un matelas et des peaux de mouton jetés au sol. Voilà ce qui tient lieu de chambre à coucher aux neuf petits Bellaribi. J'ai rapporté de ma dernière maison de convalescence des cahiers, des livres et une trousse. Je comprends vite qu'il est inutile d'espérer les disposer sur un bureau : il n'y en a pas. Il n'y a pas même une table : nous mangeons matin, midi et soir assis par terre, collés les uns aux autres. Pour dormir, nous nous entassons de la même manière. Deux par lit, tête-bêche, et moi par terre – l'idée de me retrouver coincée provoque en moi des bouffées de panique. Parfois, Dodi dort avec moi. Souvent, je suis réveillée par le lever de Djamila, qui fait toujours pipi au lit, et se débarrasse au beau milieu de la nuit de ses couvertures souillées. Ensuite, incapable de me rendormir, je reste là, les yeux grands ouverts, à penser avec nostalgie aux lits des maisons de convalescence et à leurs draps d'un blanc immaculé.

Dix heures, en ce dimanche d'août. L'heure à laquelle, dans les maisons de convalescence, je sortais de la messe. Ensuite, mes camarades et moi-même nous allions jouer, avant de manger de bon appétit et de passer l'après-midi à nous promener. Tout cela, c'est du passé. Chez nous – chez les Bellaribi –, le dimanche commence dans le même désordre que tous les autres jours. Djamila, comme d'habitude, doit laver ses couvertures souillées sous les quolibets de mon frère, tandis qu'Hayat prépare le petit déjeuner, du café au lait et du gros pain pour tout le monde. Ensuite, place au ménage et aux courses. Ma mère a décidé que c'est moi qui l'accompagnerais désormais au marché de Nanterre : un grand marché à l'orientale, souk ouvert en plein ciel, aux étals couverts d'épices et de sacs de semoule. Les bruits, les odeurs, la musique qui s'échappe des baraques environnantes font monter en moi des bouffées de souvenirs – c'est toute ma petite enfance, celle d'avant l'accident, qui me revient. En fermant les yeux, je peux revoir les rues grouillantes du bidonville, les enfants y jouant au ballon avec de vieilles boîtes de conserve, les mères allaitant leur bébé au seuil de leur porte, les vieux assis là une pipe à la bouche. Et je revois aussi mon père derrière sa caisse, à l'épicerie, et ma mère qui y entre, et se sert avec des airs de propriétaire. À l'époque, nous, les enfants Bellaribi, nous mangions de la viande tous les jours, ou presque. Aujourd'hui, nous devons nous contenter des tagines de légumes préparés par Hayat – pommes de terre, pois cassés, tomates, haricots verts, le tout saupoudré d'épices, qui cuisent dans une odeur lourde. Je déteste cette nourriture, d'abord parce qu'elle est rouge, couleur de sang, ensuite parce qu'elle est grossière, comme tout ce qui se passe chez moi, chez nous. Je rêve de purées au beurre, d'omelettes légères, de salade verte ; mais quand je fais part de mes désirs, ma mère me rit au nez, et me demande quand je vais cesser de jouer les princesses...

« Malika, aide-moi ! »

Voilà. Ce que je craignais vient d'arriver. Fatima s'arrête devant l'étal d'un volailler. Elle va acheter un poulet, le poulet du dimanche. Ensuite, faute de place dans son panier, c'est moi qui devrai le porter. À cette perspective, je sens une nausée monter à ma gorge. La dernière fois, le poulet, vivant bien sûr, a tellement gigoté que j'ai failli le lâcher. Ma mère m'a giflée et m'a traitée de maladroite devant tout le monde. Pour rien au monde, je ne veux revivre l'expérience – et c'est pourtant bien ce qui risque de se produire. Elles sont là, ces bêtes du diable. Elles tournent en rond dans leurs cages. Ma mère les jauge du regard, les soupèse des yeux, cherchant laquelle est la plus grasse – pour le même prix, évidemment. Une fois son choix effectué, elle désigne la bête du doigt au volailler. Aujourd'hui, c'est une poule dodue, aux belles plumes blanches, au bec d'un jaune parfait. Ensuite, Fatima entreprend de marchander son prix, et elle se lance pour cela dans de longues palabres. De toute la ville de Nanterre, c'est sans doute elle qui sait le mieux y faire. Et grâce à son bagout, à ses supplications, à ses larmes même, parfois – monsieur, je suis une pauvre veuve, comment pouvez-vous être aussi cruel avec moi ? –, elle parvient presque toujours à embobiner le marchand. Certains d'entre eux, d'ailleurs, finissent par lui donner ce qu'elle veut, juste par lassitude, pour se débarrasser d'elle. Et moi, à ses côtés, je sens le rouge de la honte me monter aux joues. Comment ma mère, si pauvre soit-elle, peut-elle s'humilier devant ces gens ? N'a-t-elle donc aucun honneur, aucune fierté ? Je me jure que moi, Malika, je ne me livrerai jamais à de telles simagrées, même si je dois mourir de faim. Mais en attendant, je dois, malgré mon dégoût, attraper le poulet qu'elle a fini par acheter, et qu'elle me tend.

« Et cette fois, me dit-elle, fais-y attention. »

Qu'elle ne s'inquiète pas. Je ne le laisserai pas s'échapper, ce sale poulet. Mais Dieu ! que c'est dur de le porter ! Je le tiens par les pattes, mais il n'a qu'une envie : me faire lâcher prise. Non seulement il gigote, mais il tente de me blesser avec son bec acéré. Et ma mère qui est déjà repartie à l'assaut d'un autre étal, et qui marchande... Debout dans l'allée, le poulet dans ma main droite, je ferme les yeux. Combien de temps est-ce que je vais devoir l'attendre ? Et après, est-ce que nous allons rentrer à pied, ou bien est-ce que nous prendrons le bus ? À pied, c'est plus long. Mais dans le bus, je vais mourir de honte, avec cette sale bête qui sent mauvais serrée contre moi. Tout le monde va me regarder. Et avec un peu de malchance, il y aura des enfants endimanchés, des enfants de bourgeois, comme les appellent mes frères et mes sœurs. Les garçons seront vêtus d'une veste bleu marine et d'un pantalon gris. Les filles auront de jolies robes. Et ils me toiseront, moi, la pauvresse, habillée de bric et de broc avec les affaires du Secours catholique...

« Malika ! Tu avances ? »

Soulagement. Ma mère prend le chemin du retour à pied. Une bonne demi-heure plus tard, en sueur, mais sans avoir lâché mon poulet, je suis de retour rue Pascal. Reste, je le sais, le plus pénible. La mise à mort du volatile...

C'est vrai. Par rapport à mes frères et sœurs, je suis une privilégiée – au moins sur ce plan-là. De ma vie, je n'ai jamais eu à tuer pour manger. Le poulet est toujours arrivé dans mon assiette déjà rôti – tout comme, d'ailleurs, les côtelettes de mouton. Mais il faut que je me résigne. Ce temps-là est terminé. La preuve ? Si je veux déjeuner ce midi, il va falloir que j'aide à la mise à mort de « mon » poulet.

« Allez, Malika. Tiens-lui les pattes et le cou. »

Voilà le volatile sur l'évier. Obéissant à ma mère, je le maintiens le plus fermement possible. Mais la bête sent la mort approcher. Elle se débat de plus en plus fort. Et pour finir, elle réussit à me faire lâcher prise et s'échappe dans une grande envolée de plumes.

« Idiote ! »

Ma mère arrive, couteau à la main. Elle me gifle violemment. Mes frères et sœurs, eux, sont morts de rire. Ils hurlent de joie, courant après le poulet qui, de plus en plus affolé, fait le tour de la pièce, toutes ailes dehors. Pour finir, c'est Mohamed qui l'attrape et vient le reposer sur l'évier. Quelques minutes plus tard, la bête est enfin morte, et mes sœurs entreprennent de le plumer. Moi, je les regarde, assise dans un coin. Ma joue me cuit. Mais, surtout, mon orgueil est atteint. De quel droit ma mère me gifle-t-elle ? Là d'où je viens, personne ne m'a jamais appris à tuer les poulets. Et si quelqu'un est idiot, ici, c'est bien elle. Car ces bêtes-là s'achètent toutes préparées, dans les supermarchés. Il n'y a que les sauvages, comme elle, qui les mettent à mort avant de les manger...

Après le repas, les enfants Bellaribi, pour une fois dispensés des corvées ménagères, sont autorisés à aller jouer – en fait, ma mère nous met dehors pour pouvoir vaquer tranquillement à ses occupations. Depuis la mort de mon père, Fatima a en effet diversifié ses activités, pour tenter de gagner sa vie. Et elle arrondit ses fins de mois en jouant les juges de paix du quartier. Un mari soupçonne-t-il sa femme de le tromper ? Il vient la voir, expose ses doléances. Fatima l'écoute, puis elle convoque l'épouse, la convainc, le cas échéant, de cesser ses turpitudes – ou bien, en bonne roublarde, elle se fait sa complice. Si tel est le cas, le mari est deux fois cocu, en quelque sorte ; mais quoi qu'il en soit, ma mère n'oublie jamais de se faire payer un bon prix pour sa négociation. De temps à autre, on lui donne de l'argent ou un cageot de légumes, un demi-mouton, quelques kilos de fruits. Un régal, pour nous qui n'avons parfois pour tout dîner qu'une tranche de pain tartinée d'Astra et un bol de chocolat...

Quinze heures. Bibi et moi sommes devenus copains. Nous passons de longues heures à jouer dans la petite courette qui jouxte la maison. Je lui fais la courte échelle, pour l'aider à grimper dans le grand cerisier planté là bien avant notre arrivée. Une fois juché sur l'une de ses branches, il cueille, à poignées, les fruits mûrs à point et me les lance. J'en déguste quelques-uns, mais je garde les plus beaux pour me confectionner des boucles d'oreilles. Ensuite, j'imagine que je suis une princesse vêtue d'une belle robe rouge – exactement semblable à celle que porte parfois ma mère, quand elle donne une soirée. Car aussi étrange que cela nous paraisse, à nous, ses enfants, Fatima aime s'amuser. Et depuis la mort de notre père, elle n'hésite pas à inviter ses amies pour des soirées aussi élégantes qu'animées. Au son des chansons d'Oum Kalsoum, elles dansent, papotent, tentent tant bien que mal de calmer leurs crises de fou rire – elles redeviennent, l'espace de quelques heures, des jeunes filles insouciantes. Dès que j'en ai l'occasion, je les regarde par l'entrebâillement d'une porte. Et oubliant pour une fois les cantiques, je fredonne les airs arabes avec entrain.

« Malika ? Tu rêves ? »

Bibi, descendu de son perchoir, se plante devant moi et me secoue par les épaules.

« Allez, dit-il. Redescends sur terre, la princesse. On va jouer au foot. »

Évidemment, nous n'avons pour ballon qu'une boîte de conserve. Nous en épuisons vite les joies, et je décide qu'on va « faire dînette ». Quelques cailloux marquent les quatre coins d'une table. Des feuilles de cerisier seront les assiettes. Il me faut un peu d'eau, que je touillerai avec de la gadoue, et ce sera notre soupe.

« Toi, conclut Bibi, tu sais y faire, pour jouer. T'as oublié d'être bête... »

J'aimerais que mon frère dise vrai. Mais j'appréhende la rentrée des classes, qui doit avoir lieu dans une quinzaine de jours. Je suis inscrite à l'école, pour la première fois, comme j'en rêve depuis si longtemps. Je vais enfin avoir un vrai cartable, que je balancerai tout en marchant – comme le font les autres enfants. Mais à douze ans, j'intègre une classe de CM2, et je ne suis même pas certaine de pouvoir suivre...

Septembre. La rentrée approche à grands pas – plus que quelques jours. Je me ronge les sangs, mais personne ne s'en soucie. Chez les Bellaribi, ce qui prime, ce ne sont pas les états d'âme, mais bien le pain quotidien. Pour arrondir nos fins de mois, ma mère nous a chargés, Bibi et moi, d'aller faire du porte-à-porte pour vendre des timbres de l'Amicale des femmes algériennes. Elle percevra un pourcentage sur nos gains – ce sera toujours ça de gagné. Dire que Bibi et moi sommes enthousiastes est un grand mot. Mais ni mon frère ni moi n'avons le choix. Il nous faut obéir, et partir à pied pour des endroits plus huppés que Nanterre...

La Boule. Les Quatre Chemins. Rueil. Au fur et à mesure que nous avançons, Bibi et moi, le paysage change autour de nous. Les trottoirs sont plus larges. Les voilà maintenant plantés de platanes. Les immeubles se font coquets, les commerces plus riches. Quelques kilomètres encore – je marche avec une sorte d'euphorie, puisque désormais, mes jambes ne se dérobent plus jamais – et nous voilà dans l'avenue menant à l'Étoile. Je regarde avec admiration les immeubles haussmanniens, aux façades en pierre de taille, aux balcons de fer forgé ornés de superbes fleurs multicolores. Ici, ce sont sans aucun doute ces « beaux quartiers » dont parle ma mère. Nous allons pouvoir commencer notre travail.

Une belle porte de bois, donnant dans un hall d'immeuble pavé de marbre. Un escalier monumental qui mène aux étages. À droite, sur le palier, la première sonnette. Je suis l'aînée, c'est donc à moi d'appuyer. Mais j'ai du mal. Car j'ai beau faire, j'ai l'impression de mendier, et rien ne m'a préparée à cela. Face à ce battant de bois, c'est toute mon enfance – la vraie enfance – qui me revient en mémoire. Les belles messes semées de cantiques. Les sermons des prêtres, les religieuses qui évoquent Notre Seigneur. Les cours de morale, où l'on nous enseignait à ne pas voler, à ne pas jurer, à ne haïr personne, à aimer, au contraire, notre prochain. « Quand vous verrez des gens dans la peine ou des pauvres, nous disait-on, il faudra les aider. » Aujourd'hui, la pauvresse, c'est moi – une fillette mal fagotée, mal coiffée, au teint trop mat, aux yeux trop noirs, qui a peur d'être chassée, qui a honte de s'humilier, qui se jure qu'un jour, elle sera là, de l'autre côté de la porte à laquelle, enfin, elle se décide à sonner...

Mais à ma grande surprise, nous recevons, mon petit frère et moi, un excellent accueil. Non seulement on nous ouvre, mais on nous achète des timbres en quantité. Parfois, on nous offre même à manger. Là, des bonbons. Un peu plus loin, du chocolat. Un peu plus loin encore, un morceau de jambon enfoui entre deux grosses tranches de pain. Bibi fait la moue, ouvre la bouche pour expliquer que nous ne mangeons pas de porc, mais je lui donne un coup de coude et il se tait. Il finit même par avaler le sandwich avec appétit, mais me fait jurer de ne pas raconter l'épisode à notre mère.

« Bien sûr que je ne le raconterai pas. Tu me prends pour une rapporteuse, ou quoi ? »

Enhardi par notre soudaine complicité, Bibi attrape alors ma manche.

« Tu sais ce qu'on devrait faire ?

– Non, quoi ?

– On devrait vendre les timbres un peu plus cher. On gardera la différence pour nous, et on ira au Jardin d'acclimatation. D'accord ? »

Bibi est peut-être plus jeune que moi, il est aussi bien plus débrouillard. Je n'hésite pas longtemps avant d'accepter sa proposition. Le Jardin d'acclimatation, pour moi, c'est un mythe, un rêve, un éden interdit – faute de moyens, bien sûr.

« D'accord, Bibi. On les vend un peu plus cher. On va dire vingt centimes de plus... »

Un autre immeuble. Un autre escalier de marbre. Une autre sonnette. Une porte qui s'ouvre. Dans l'encadrement se dessine la silhouette d'un homme. Surprise. Il s'agit du comédien Daniel Ceccaldi. Même moi, la naïve, je le reconnais – ma sœur Hayat a placardé son portrait, découpé dans un magazine, sur un mur de notre chambre. Quand elle va savoir que je l'ai vu, en chair et en os, elle va en mourir de jalousie...

« Qu'est-ce que vous voulez, les enfants ? » demande-t-il.

Silence. J'ouvre la bouche, mais aucun son n'en sort, tant je suis intimidée. C'est Bibi qui, d'une petite voix flûtée, explique que nous vendons des timbres.

« C'est au profit de l'Amicale des femmes algériennes », récite-t-il avec application.

Le comédien sourit, amusé.

« C'est combien ? » lui demande-t-il.

Puis, comme Bibi bégaye un prix, il tire quelques billets de sa poche.

« Allez, dit-il. Je vous les prends tous. »

Noël. C'est Noël pour moi, en plein mois de septembre. Car nous y voilà, au Jardin d'acclimatation, ce parc accessible seulement aux gosses de riches. Grâce à l'argent que nous a donné Daniel Ceccaldi, nous pouvons y entrer, nous, les petits misérables de la rue Pascal. Et nous pouvons même nous payer une barbe à papa. Les mains et les lèvres collées par le sucre, le cœur en fête, je déambule aux côtés de mon petit frère. Et je m'emplis les yeux et le cœur de tout ce qui m'entoure. Les grandes allées tracées au cordeau, coupées de plages de gazon très vert. Les fosses où des ours tournent, sous les yeux des enfants de bonne famille. Les singes, qui vont et viennent sur leur territoire. Le petit train qui fait le tour du parc, et les manèges, au centre, avions miniatures, autos tamponneuses, puis les balançoires et les toboggans sur lesquels nous nous laissons glisser, Bibi et moi. Autour de nous, les autres enfants vont et viennent, aux côtés de leurs parents. Mais, pour une fois, je ne me sens pas différente d'eux. Car moi aussi, aujourd'hui, je suis riche – et je peux, sans trop les compter, sortir de mes poches les pièces destinées à me payer ma part de rêve...

Septembre. Cette fois, ça y est. La rentrée est là. Dans moins d'une demi-heure, l'école de la rue Victor-Hugo va ouvrir ses portes. Et Djamila, qui doit m'y accompagner, me houspille parce que je ne suis pas encore prête à partir. Ce matin, elle s'est levée très tôt, trop contente à l'idée de retrouver ses copines. Ensuite, elle s'est pomponnée devant l'unique glace de la maison, en prenant des poses de starlette. Le cheveu raide, tiré à l'extrême, les pommettes rosies par l'excitation, elle me tire, me traîne, me presse de sortir de chez nous. Et je finis par la suivre, le cœur retourné. L'école, elle sait ce que c'est, elle y va depuis de longues années déjà. Moi, c'est ma première rentrée. Et je me trouve tellement laide, avec ma jupe trop courte ! Hier, j'ai tenté de convaincre ma mère de me laisser porter un pantalon. Mais elle a été intraitable.

« Pas question que tu ressembles à un garçon manqué, m'a-t-elle dit. Le premier jour, tu dois faire bonne impression. »

Sur le chemin, je me désespère. Car je sais bien que ce ne sera pas le cas. J'ai beau tirer sur ma jupe, elle découvre mes jambes trop maigres, mes mollets flasques, et, surtout, les cicatrices qui couturent mes cuisses. J'entends déjà les chuchotements qui vont m'accueillir. « T'as vu, les jambes de la nouvelle ? Qu'est-ce que c'est moche ! » « Regarde ! On dirait qu'elle est passée sous un camion ! » « Frankenstein, à côté d'elle, c'est un prix de beauté »...

« Malika ? »

Nous voilà presque arrivées. Djamila, qui me précède de deux ou trois mètres, se retourne vers moi.

« T'es gentille, dit-elle, tu me laisses rentrer toute seule. Ici, à l'école, on ne se connaît pas. J'ai dit à tout le monde que j'étais française. Je ne veux pas qu'on me voie avec toi... »

Une cour, qui me paraît immense. Un préau sous lequel se rassemblent des dizaines de filles. De l'autre côté, un grillage qui nous sépare de l'école de garçons. En ce matin de rentrée, il règne ici une atmosphère à la fois électrique et joyeuse. Les filles se retrouvent, s'enlacent, s'embrassent. Elles rient, échangent les dernières nouvelles. Il me semble qu'elles se connaissent toutes – que je suis la seule à être nouvelle. Là-bas, Djamila discute au milieu d'une petite cour. Elle a l'air très populaire, mais quand, désemparée, je fais mine de m'approcher, elle me lance un regard noir. Du coup, je recule et je reste plantée là, toute seule, à balancer mon cartable. Je le rêvais neuf, rempli de crayons et d'un beau porte-plume. J'ai eu droit à un vieux sac, déjà usé par mes sœurs aînées. Les fournitures sont à l'envi : crayons rognés, cahiers déjà à moitié utilisés, buvards tachés d'encre.

« De toute façon, m'a dit ma mère, tu n'apprendras jamais rien. Tu es bien trop en retard. »

Oui. Je le sais. Je suis en retard. Et je suis moche, aussi, et mal habillée. Mais tout cela ne durera pas. Car je vais faire en sorte de rattraper les autres. J'étudierai du soir au matin et du matin au soir. Et un jour, enfin, je verrai dans les yeux de ma mère une petite étincelle. Celle de la fierté que je saurai, enfin, lui inspirer...

« Mesdemoiselles, on se met en rang... »

Voilà. Ça y est. C'est la rentrée, la vraie. Je me dirige vers les filles de ma classe – le CM2. Elles se sont regroupées devant la maîtresse, une grande femme aux cheveux crépus tirés en un petit chignon très haut perché. C'est une noire – une Martiniquaise sans doute. Tant mieux. Elle me comprendra sans doute mieux, moi, la petite Arabe. C'est au moins ce que je me dis, alors que j'entre dans ma classe, la première, et que j'embrasse, d'un coup d'œil, le décor où je vais vivre toute cette année...

7

« Malika Bellaribi, est-ce qu'un jour vous allez comprendre quelque chose à ce que je vous explique ? »

Un cauchemar. Voilà ce que je vis. Voilà quatre semaines seulement que je suis entrée pour la première fois dans l'enceinte de l'école. Depuis, j'ai basculé dans un autre monde – un univers de doutes et d'humiliations, de craintes et d'interrogations. Tout a commencé dès la première heure, celle de l'appel, quand la maîtresse, une certaine Mme Tirel, a prononcé mon prénom et mon nom. À la manière dont elle a dit : Ma-li-ka ; puis : Be-lla-ri-bi, à son intonation mi-traînante, mi-dédaigneuse, j'ai compris immédiatement que, contrairement à ce que j'espérais, nous ne serions jamais amies. Cette femme-là me déteste. Je le sais. Je le sens. Qu'est-ce qu'elle hait en moi, cette institutrice arrogante ? L'Arabe ? L'enfant mal fagotée ? La fillette au corps blessé ? Quoi qu'il en soit, son dégoût est visible. Quand je lui parle, elle ne me répond pas. Quand je lève le doigt, elle m'ignore. Quand j'écris, elle me surveille, épie la moindre rature, le moindre pâté – et Dieu sait qu'ils sont nombreux. Cruelle, elle me demande de lire à haute voix, et m'écoute ânonner devant une classe morte de rire. L'heure d'après vient le tour des multiplications et des divisions au tableau : dos tourné à la classe, cicatrices bien apparentes sur une peau toujours aussi tirée, toujours aussi luisante. J'essaye de bien faire, de m'appliquer, de lui plaire, en un mot. Mais elle ignore tous mes efforts, et ne m'adresse la parole que pour me fustiger, au mieux, ou se moquer de moi, au pire. Grâce à elle, et si besoin était, je suis devenue la risée de la classe, la tête de Turc de mes camarades. La souillon du primaire, en quelque sorte. Une souillon persécutée pendant les heures de cours, mais aussi durant la récréation... Sous le préau, les conversations s'éteignent à mon passage, les bouches se tordent en un petit sourire méprisant, les quolibets, les sarcasmes, les insultes fusent. « Handicapée. » « Fille de bougnoule. » « Débile mentale. » Mes camarades sifflent les mots tout bas, puis un peu plus fort quand je fais mine de ne pas entendre. Moi, je ne réponds pas. Je me tais, je m'efface. Je me fais la plus discrète possible. Mais mes dérobades ne les calment pas, bien au contraire. Chaque jour qui passe, elles se font plus agressives. Au cours d'une récréation, les voilà qui m'entourent, se donnent la main, forment autour de moi une grande ronde qui s'ébranle, doucement d'abord, plus vite ensuite. Elles hurlent : « Elle a les jambes sales ! Elle a les jambes sales ! » Elles me huent. Elles rient. Et moi, au milieu d'elles, je reste là, debout, sans bouger. Muette. Immobile. Figée de honte et de peur...

« Malika, va chercher du charbon, il n'y en a plus. »
Octobre. Je suis à peine rentrée de l'école que ma mère prend le relais de la maîtresse. Je viens de laver la vaisselle et de nettoyer le sol, mais ça ne lui suffit pas. Il faut que je ressorte, un grand seau à la main. Le charbonnier, M. Boudou, habite à plus d'un kilomètre de chez nous. Une « promenade » de vingt bonnes minutes, alors qu'il fait déjà

presque nuit. D'autres enfants seraient terrorisés. Moi, je m'en fiche : je n'ai peur ni du croque-mitaine ni du grand méchant loup. La violence, la peur, la honte sont chez moi, quand ma mère me frappe, quand mes sœurs m'humilient, quand l'un ou l'autre de mes frères se moque de moi. Dehors, loin d'eux, je peux rêver ou chanter à voix haute – et pas des chansons arabes. Tandis que j'avance, mon seau à la main, je me remémore les cantiques que j'entendais, il n'y a pas si longtemps encore, lorsque j'allais à l'église. Et je les entonne, les uns après les autres. Le *Salve, Regina.* Un *Je crois en toi, mon Dieu* a cappella. *Dieu est amour. Plus près de toi, mon Dieu...* Les mots m'apaisent, m'enchantent, me ramènent vers mon autre vie, vers mon autre enfance. Et d'un coup, j'oublie le reste – ou, plutôt, je m'imagine que ce que je vis n'est qu'un rêve, et que je vais me réveiller dans le petit lit aux draps blancs de l'une de mes maisons de repos. Autour de moi, les trottoirs sont déserts, dans la nuit qui descend. Mais je suis bien. Car pour quelques minutes, je ne suis plus Malika la souillon, mais l'autre petite fille, l'enfant bien élevée des religieuses à cornette, cette enfant à qui l'on promettait un avenir radieux. Il me semble encore les entendre, sœur Jeanne, sœur Paule, sœur Mathilde. Leurs voix murmurent à mon oreille : « C'est bien, Malika. Tu es grande et intelligente. Tu vas voir. Tu y arriveras. » Je chante, toujours plus fort au fur et à mesure qu'autour de moi la nuit se fait plus noire. Et quand enfin j'arrive devant la porte du marchand de charbon, je suis heureuse, et je lui dédie un grand, un immense sourire...

Novembre. Durant les vacances scolaires, Bibi et moi sommes de nouveau mis à contribution, et nous partons vendre des timbres. Un exercice auquel nous sommes désormais rompus, et qui nous permet de nouvelles visites au Jardin d'acclimatation. Nous tenons évidemment ces escapades secrètes – même si, quand nous rentrons un peu plus tard que d'habitude, Hayat fronce les sourcils en nous demandant où nous étions passés.

« Qu'est-ce que vous fabriquez, tous les deux ? demande-t-elle, soupçonneuse. Dites-le-moi, ou je préviens maman... »

Mais la menace ne porte pas. Nous savons, mon frère et moi, que notre mère se contrefiche de notre emploi du temps. Voilà quelques jours maintenant, elle a trouvé un nouvel emploi de femme de ménage, cette fois à l'ambassade d'Algérie. Toute à son nouveau poste – et, surtout, à l'homme qu'elle a rencontré là-bas, un chauffeur prénommé Fouad –, elle nous laisse définitivement livrés à nous-mêmes. En son absence, Hayat gère la maison, tandis que Dodi et Amar, mes frères aînés, tentent vaille que vaille de dénicher de quoi nous nourrir. Pour cela, ils ont, il faut bien le dire, des méthodes bien différentes. Dodi, surnommé le « sage », travaille sur les marchés, d'où il nous ramène œufs, lait, fruits et légumes. Amar, lui, trafique du cuivre avec les Gitans du campement tout proche.

« Un jour, prédit Hayat, tu finiras en prison. »

Elle a raison. Mais Amar s'en fiche – tout comme Djamila, qui rapporte plus souvent qu'à son tour des produits de beauté volés au Monoprix du coin...

« Si Dodi les trouve, me dit-elle, tu lui jures qu'ils sont à toi. »

Je ne me maquille jamais, et il ne me viendrait pas à l'idée de voler un centime. Mais pour plaire à ma sœur, j'accepte le marché. Depuis quelque temps, nous sommes plus proches, elle et moi. Parfois, nous discutons même de nos avenirs respectifs. Djamila se voit en vedette – elle aime Sheila, moi Sylvie Vartan. Déguisées avec les vêtements de notre mère, nous faisons du théâtre, ou plutôt du music-hall. Elle chante *L'école est finie*, moi *Comme un garçon*. Mais jamais je ne vais jusqu'au bout, car elle s'étouffe de rire, à m'écouter.

« Malika, arrête, me dit-elle. Tu chantes faux. »

L'école, de nouveau. Je retrouve Mme Tirel, et toutes les autres filles de ma classe. Pendant les vacances, j'ai essayé de m'avancer un peu, de rattraper mon retard. Tous les soirs, après avoir terminé ménage, vaisselle et repassage, j'ai lu, appris, compté. Dodi m'a même un peu aidée, et désormais, je maîtrise presque complètement les additions, les soustractions et les multiplications. Pour les divisions, c'est encore juste, mais il m'a dit, avec un bon sourire : « Allez, ça viendra. » Tel n'est pas l'avis de mon institutrice, toujours aussi désagréable avec moi. Au premier jour de cette nouvelle rentrée, elle m'a reléguée tout au fond de la classe, à côté du radiateur, la place des cancres. De là, je ne vois plus rien, je n'entends plus rien. Mais elle s'en fiche – ou plutôt elle en jouit, sans même s'en cacher. Et tout le jour durant, elle ne cesse de me faire des remarques. Je me tiens mal – « Malika, enlève ton coude, ta tête tient toute seule ». Je ne suis pas assez attentive – « Malika, tu dors ou quoi ? » J'ai oublié l'un de mes livres – « Décidément, Malika, on se demande ce que tu viens faire en classe ». Mon écriture n'est pas assez lisible – « De toute façon, Malika, ce n'est pas comme ça qu'on tient un stylo, tu es idiote ou pas ? » Et comme, n'y tenant plus, je finis par lui lancer que j'en ai marre qu'elle me critique, elle darde sur moi un regard très noir, et crie, de son estrade :

« Moi, je te critique ? Mais Malika, est-ce que tu connais seulement le sens du mot "critiquer" ? »

C'est à la récréation suivante que, pour la première fois, je me rebelle. Ce jour-là est un vrai jour de novembre, à la fois venteux et pluvieux. Mme Tirel, pour sortir, pose donc son imperméable sur ses épaules – un bel imperméable, tout neuf, d'une délicate couleur beige... dont je tire la manche alors qu'elle passe à côté de moi, et qui tombe à terre, au beau milieu d'une flaque bien boueuse. Il est fichu – ou à tout le moins, il doit être nettoyé. Et moi, pour la première fois depuis que je suis rentrée dans cette cour d'école, je suis hilare. Je ris, oui. Je ris parce que Mme Tirel pleure. Et à cet instant, c'est tout mon mal-être, toute ma honte, tout mon ressentiment qui s'en vont, alors que ma maîtresse, furieuse, m'attrape par l'épaule et me secoue comme un prunier, tout en hurlant que je serai punie, et sévèrement. Punie ? Oui, je l'ai été. Mais ça m'est égal. Je me suis vengée. Et je savoure cette vengeance chaque fois que Mme Tirel remet son imperméable – qui, malgré le nettoyage, porte une auréole foncée à l'endroit où la boue l'a souillé.

Décembre. Ma mère a « oublié » de nous rapporter son salaire. Oublié ? En fait, elle l'a dilapidé en achats de vêtements et de bijoux fantaisie. Le matin, quand elle s'en va, elle est vêtue comme une princesse. Pantalon noir, tunique et manteau assortis, robe rouge et talons hauts, pull de laine et jupe au genou. Elle est belle, ma mère, avec ses vêtements neufs et ses yeux fardés de khôl. Parfois, mes frères murmurent entre eux qu'elle est amoureuse et qu'elle ne va pas tarder à nous ramener un beau-père. Mais en attendant, nous avons faim... Voilà des jours, maintenant, que nous nous nourrissons de tartines de margarine et de café au lait. Même moi qui n'ai pas beaucoup d'appétit, j'ai l'estomac qui crie famine – surtout le midi, quand nous rentrons à pied de l'école, mon grand frère Mohamed et moi. Faute d'argent, nous ne pouvons pas déjeuner à la cantine. Et sur le chemin du retour nous savons déjà que notre garde-manger sera vide.

« On va encore se serrer la ceinture, râle Mohamed. C'est vraiment pas juste... »

Puis, dans un souffle, il murmure :

« Malika, tu vas m'aider. Tu vois la camionnette, là-bas ? »

Oui, bien sûr que je la vois, la camionnette garée le long du trottoir. Je la connais. Elle appartient à l'un des patrons de Dodi, un peintre en bâtiment qui l'emploie de temps en temps sur ses chantiers.

« À l'intérieur, poursuit Mohamed, il y a de la bouffe. On va aller la piquer. »

Voler de la nourriture ? Je ne suis pas certaine d'être d'accord. C'est même, une fois de plus, contre tous mes principes. Voler, ce n'est pas bien. C'est même un péché grave. Si les religieuses qui m'ont élevée apprenaient que je l'ai commis, elles en seraient bouleversées. Mais d'un autre côté, mon estomac gargouille si fort...

« Alors ? insiste Mohamed. Tu es d'accord, oui ou non ? »

Quelques secondes de plus, et je hoche la tête affirmativement. Après tout, s'il veut qu'on obéisse à ses lois, Jésus n'a qu'à exaucer mes nombreuses prières et nous donner de quoi manger.

« Vas-y, poursuit Mohamed. Je fais le guet. Si quelqu'un arrive, je siffle. »

Quand même, mon frère exagère. Il m'envoie au casse-pipe, comme ils disent dans la famille. Si je me fais prendre, il détalera, c'est sûr. Et moi alors, qu'est-ce que je ferai ?

« Alors ? lance encore Mohamed. Tu te dégonfles ? »

Non. Je ne me dégonfle pas. Je vais même lui montrer ce que moi, Malika, la souillon, l'étrangère, je sais faire. Je tremble de peur, mais j'avance quand même jusqu'à la camionnette. Un coup d'œil à droite, un autre à gauche. Je soulève la bâche qui en protège l'arrière et je me glisse à l'intérieur. Là, il y a plusieurs boîtes en plastique – les gamelles contenant la nourriture des ouvriers, sans aucun doute. J'en saisis une avant de faire marche arrière et de ressortir du véhicule. Puis je détale et je rejoins mon frère...

Ce jour-là, nous aurions, Mohamed et moi, mangé à notre faim si Dodi « le sage » n'avait été présent lorsque nous sommes rentrés à la maison. Quand il aperçoit la gamelle que je tiens serrée contre moi, mon aîné le prend très mal.

« Où est-ce que tu as trouvé ça ? » me demande-t-il.

Puis, comme je le lui explique, comme j'argumente, comme je dis qu'après tout, c'est normal de prendre de la nourriture où elle se trouve quand on a l'estomac dans les talons, il se met en colère.

« Tu vas aller rendre ça tout de suite à mon patron ! hurle-t-il. Nous, les Bellaribi, on est pas des voleurs ! »

À ces mots, le rouge me monte au front et aux joues. Dodi a raison. Je me suis laissé entraîner sur une mauvaise pente. Maintenant, je n'ai plus qu'à réparer ma faute – et tant pis si, une fois de plus, je me passe de déjeuner. L'important, c'est de rapporter cette fichue gamelle à son propriétaire...

« Malika Bellaribi, la directrice vous demande. »

Quinze heures, le même jour. Une surveillante se tient dans l'encadrement de la porte de ma classe. Elle a interrompu le cours pour venir me chercher. Je sens mon cœur se mettre à battre à toute vitesse. Qu'est-ce qu'elle me veut, la directrice ? Est-ce qu'elle a une mauvaise nouvelle à m'annoncer ? Ma mère, qui a eu un accident ? Ou bien l'un de mes frères ? Affolée, je me lève et, oubliant de ramasser

mes affaires, je me précipite vers le couloir. Mais si la surveillante m'accompagne, dans des couloirs déserts, elle ne
pipe mot. Et elle ne répond à aucune de mes questions...

« Entrez, mademoiselle Bellaribi. »

Ça y est. M'y voilà, dans le bureau de la directrice – ce
bureau où aucune des élèves ne pénètre jamais sans un pincement d'angoisse au cœur. Elle est assise juste derrière, une
grosse femme au visage rond, un rien lunaire. Face à elle,
une inconnue âgée d'une quarantaine d'années. Qui est-
elle ? Une assistante sociale qui vient me chercher, parce
que ma mère est morte ? Oui, c'est cela. Sans aucun doute.
Ma mère a eu un grave accident, aussi grave que le mien.
Mais elle n'a pas survécu...

« Approchez, mademoiselle Bellaribi. »

La directrice me fait signe d'entrer. À son ton peu amène,
au pincement qui joint ses lèvres minces, je comprends qu'elle
ne veut pas m'annoncer une mauvaise nouvelle. Elle a simplement l'air furieux contre moi. Mais qu'est-ce que j'ai fait ?

« Qu'est-ce que vous avez fait ? dit la directrice, qui semble
lire dans mes pensées. Demandez-le à cette dame ! »

Elle désigne de la main l'inconnue, qui se tourne vers moi.

« Tu es une sale petite voleuse ! s'exclame-t-elle. Tu es
venue piquer la gamelle des ouvriers dans la camionnette de
mon mari ! »

La gamelle ? La camionnette ? D'un coup, je comprends.
Cette femme qui me fusille du regard, c'est la femme du
peintre en bâtiment – cet homme à qui Mohamed et moi
sommes allés rendre son bien. Et s'il a accepté nos excuses,
il n'en est visiblement pas de même pour son épouse, qui
pointe sur moi un doigt accusateur.

« C'est une graine de criminelle, cette petite fille ! lance-
t-elle encore. Si elle a rendu la gamelle, c'est simplement parce
que son frère aîné l'y a obligée ! Il faut qu'elle soit punie ! »

Avril. L'année scolaire est bien entamée. Pour moi, elle est désastreuse. Je vais devoir redoubler le CM2, et me retrouver, à treize ans, aux côtés de fillettes bien plus jeunes que moi. Mais j'en ai pris mon parti – il y a plus important, dans ma vie. Cet homme que ma mère ramène désormais régulièrement chez nous. Ainsi, mon père est définitivement oublié, définitivement remplacé. C'est Fouad, désormais, qui dort dans son lit et qui caresse sa femme. Fouad qui donne des ordres à ses enfants, les petits Bellaribi. Les filles doivent laver, frotter, récurer la maison jusqu'à ce qu'il n'y ait plus un grain de poussière. Les garçons doivent obéir, plier l'échine, se soumettre à ses volontés. Dodi s'y refuse. Il quitte la maison. Mohamed passe le plus clair de son temps dehors. Amar a disparu. Mes grandes sœurs murmurent qu'il est sans doute en prison, et quand je tente d'en savoir plus, elles pincent les lèvres et me tournent le dos sans répondre à mes questions. Bibi, lui, a déclenché la guerre contre l'intrus. Il cache ses chaussures, glisse des glaçons dans ses plats chauds, détale à toute vitesse quand Fouad lève la main sur lui. Mon beau-père ne parvient que rarement à le rattraper – mais je n'ai pas cette chance. J'ai encore du mal à courir, et à l'éviter. Pour un oui, pour un non, Fouad me bouscule, m'humilie, se moque de moi. Ma mère, loin de me défendre, l'observe avec un petit sourire en coin. Pourquoi se réjouit-elle de mon malheur ? Je devine à son visage que mes souffrances provoquent chez elle une sorte de satisfaction malsaine – un peu comme si elle se vengeait de toutes les années durant lesquelles je lui ai échappé. Par la violence, par l'humiliation, elle reprend possession de moi, se réapproprie la fillette qu'elle n'a pas élevée – et ce faisant elle espère, sans doute, que je me soumettrai, comme se soumettent mes sœurs. Seulement voilà. Je ne suis pas de celles qui courbent l'échine trop longtemps. Et je sens monter en moi, au fil des semaines, une révolte qui peu à peu me transforme, et qui fait de l'enfant maladive et timide que j'étais en arrivant chez elle une adolescente rebelle, une sauvage qui ne pense qu'à une seule chose. Quitter, le plus vite possible, cette famille qui n'est définitivement pas la sienne...

Septembre. L'automne roussit les feuilles des arbres. Notre cerisier se déplume déjà. Mon beau-père a disparu – Amar est revenu – sans autre explication. Ma mère, elle, semble préoccupée. Elle passe de longues heures à discuter avec mes aînés, toutes portes fermées. Parfois, quand elle parle trop fort, quand elle se met en colère, je surprends quelques bribes de conversation. Il est question de notre voisin, un petit homme propret qui exerce le terrible métier de bourreau à la prison de la Santé.

« Il ne nous aime pas, parce qu'on est algériens, dit-elle. »
J'enregistre les mots, un rien dubitative. Car nous, les Bellaribi, nous ne sommes pas seulement algériens. Nous sommes vraiment une famille bizarre, dont les différents membres crient, hurlent, pleurent, se disputent, s'embrassent, dans une sorte de tohu-bohu permanent. Notre maison est toute cassée : la façade se lézarde, le toit fuit, la cour est transformée en débarras, et puis ça sent toujours la cuisine, une cuisine du Maghreb aux relents lourds, écœurants, merguez grillées et tagines aux tomates. Je comprends, moi, que tout cela gêne le bourreau – un homme maniaque à l'extrême, au pavillon impeccable entouré d'un jardin tiré au cordeau. Après tout, qui supporterait, même de loin, notre manière de vivre ? Alors ce bourreau maniaque qui coupe des têtes à l'aube, dans la cour de la maison d'arrêt de la Santé...

« Je suis sûre que grâce à ses relations, il va arriver à nous faire expulser, continue ma mère de l'autre côté de la porte. Et alors, mes enfants, où est-ce qu'on ira ? »

Les mots se cassent en un long sanglot. Fatima pleure – ou plutôt, elle fait semblant, tout en poussant des gémissements hystériques. Et moi, je suis saisie d'un fou rire nerveux. Je viens tout juste de rentrer à la maison et d'y trouver mes marques. À l'école, depuis la rentrée, tout va mieux – je me suis même fait une amie dans ma classe. Elle s'appelle Odile, et elle habite tout près de chez moi. Dans son jardin à elle, il y a des petits lutins, et sa bibliothèque est remplie de contes de fées. Nous passons de longues heures à bavarder, assises l'une contre l'autre sur son lit. Même sa mère m'a adoptée. Et voilà qu'il va falloir déménager de nouveau ? Je n'y crois pas. Je ne veux pas y croire. Ma mère exagère, comme toujours. Je me bouche les oreilles, je sors en courant, je manque heurter Djamila, qui rentre des courses. Elle m'insulte à mi-voix, me traite de folle, de sauvage, m'enjoint de retourner chez mes amies les nonnes. Elle ne sait pas à quel point j'aimerais que son vœu se réalise. Malheureusement, ce ne sera pas le cas, ma mère m'en a prévenue.

« Les maisons de repos, c'est fini, m'a-t-elle dit. Tu es guérie. »

Guérie ? Le mot n'est pas juste. Bien sûr, mes jambes me portent. Mais je dois toujours me rendre à l'hôpital pour des visites de contrôle. Puis j'ai droit à de douloureuses séances de kiné, et à des radios régulières. Le rappel, si besoin était, que je ne suis pas une fille comme les autres, mais une rescapée, dont le corps porte toujours les traces d'un accident désormais vieux de plus de dix ans...

Des coups à la porte. Je me réveille en sursaut. Qui peut frapper, à cette heure ? Le jour n'est pas encore levé, et même ma mère, qui part à l'aube, dort encore d'un profond sommeil. Pourtant, les coups redoublent. Une voix d'homme les accompagne.

« Ouvrez ! Au nom de la loi, ouvrez ! »

Moins d'une minute plus tard, ma mère obéit – hirsute, en peignoir, les yeux gonflés de sommeil. Nous sommes tous derrière elle, Dodi, Amar, Mohamed, Hayat, Djamila, Nora, Bibi et moi, une horde d'enfants mi-curieuse, mi-inquiète qui chuchote et se pousse du coude, avant d'apercevoir, enfin, les deux hommes plantés sur le seuil de la porte. Le premier brandit sa plaque. Il est commissaire de police. Le second énonce sa qualité. Il est huissier de justice.

« Madame Bellaribi, dit-il à ma mère, nous venons pour l'expulsion. Veuillez vous habiller... »

La suite est à la fois ubuesque et tragique – une pièce de théâtre, pleine de cris, de larmes, un grand guignol qui, malheureusement, ne s'achève pas avec un baisser de rideau. Car nous devons, à toute vitesse, empiler nos maigres possessions dans des sacs, des valises, des cartons hâtivement récupérés par mes grands frères. Ma mère, plantée devant la maison, pleure à gros sanglots, et menace du poing notre voisin – ou plutôt, sa maison si joliment tenue. Mes grands frères vont et viennent, entassant nos biens dans une camionnette récupérée à grand-peine chez le patron de Dodi. Mes sœurs aînées, elles, vident la maison vaille que vaille. Et moi je reste là, debout, immobile, à regarder la scène – une scène qui, à mon sens, représente bien ce qu'a été jusqu'à présent ma vie. Une succession de départs, au petit matin, vers des destinations inconnues...

8

« Allez, la tordue. Avance. »

Deux ans ont passé. Deux longues années qui n'ont rien changé pour moi. Je suis toujours, au sein de la famille Bellaribi, « l'étrangère », au mieux, ou « Haouja », la bancale, la tordue, au pire. Mes frères me lancent ces surnoms avec une sorte de gouaille. Ma mère, elle, les prononce avec mépris ou avec colère, et chaque fois, elle me blesse un peu plus profondément. Si un jour elle m'a aimée, si un jour elle s'est inquiétée pour moi, elle l'a bien oublié. Aujourd'hui, alors que je viens de fêter mes quinze ans, je ne suis plus pour elle qu'une bonniche, qu'elle traite avec la plus grande dureté. Moi, la « folle », qui vient péniblement d'obtenir son certificat d'études, je dois lui être soumise en tout. Je dois aussi gagner mon pain quotidien à la sueur de mon front. Le matin, je me lève à l'aube pour aller à la plus proche boulangerie, distante tout de même d'un bon kilomètre de notre nouveau foyer, à Colombes. Ensuite, avant de partir à l'école, je lave le parquet à grande eau, je refais les lits et je range la vaisselle de la veille. L'après-midi, en rentrant, je prépare le repas pour mes frères et sœurs – je cuisine avec dégoût des tagines trop gras, moi qui ne rêve que d'omelettes soufflées et de légumes cuits à la vapeur. Je lave le linge, à la main. Je l'étends. Je le repasse, quand il est sec, en prenant bien soin de ne faire aucun pli aux chemises de mes frères, sinon, gare à la taloche. Je pars pour l'ambassade d'Algérie, où ma mère me fait faire une partie de son travail de femme de ménage. De retour à la maison, il me faut, encore, apprendre mes leçons et faire mes devoirs sous ses quolibets.

« Ne te donne pas tant de mal, me lance-t-elle régulièrement. De toute façon, tu n'y arriveras jamais. »

Les mots m'atteignent, bien sûr. Mais moins qu'elle l'espère. Depuis longtemps, j'ai appris à me protéger. Je vis en permanence dans une sorte de dédoublement. En apparence, je suis là, dans l'appartement, et je vaque au ménage. En réalité, mon esprit vagabonde, rêve, se promène dans d'autres lieux. Je marche sur une plage, aux côtés de mon père. Je cours dans un grand champ de neige, d'un blanc immaculé. J'entre dans le chœur d'une église, et l'odeur d'encens m'enivre. Puis, surtout, je chante, dans ma tête quand il y a du monde, à haute voix quand je suis seule. Mon répertoire n'a guère varié. Il se compose toujours des cantiques appris chez les religieuses – que j'agrémente de temps en temps de quelques *Notre Père* ou *Je vous salue Marie*, fredonnés a cappella. Chanter, pour moi, c'est un voyage, une évasion qui me procure joie et paix et qui guérit mon cœur et mon âme. Quand ma voix s'élève, j'oublie les coups, les humiliations, la méchanceté de ceux qui m'entourent. Je me lave dans la musique comme on se lave dans une eau très pure, je me perds en elle comme on se perd dans une forêt très fraîche en pleine canicule. Personne ne sait que je chante. Personne ne sait non plus que parfois je me rends à l'église de mon quartier et que j'y entre pour m'agenouiller et prier. Ainsi, à l'aube de mes seize ans, je suis définitivement double – soumise en apparence, rebelle tout au fond de moi, et désireuse d'une seule chose. Fuir cette famille qui, cette fois j'en suis sûre, ne m'apportera jamais que du mal.

Partir. Il faut partir. Cette idée me traverse de plus en plus souvent l'esprit – plus souvent, encore, depuis que ma mère a mis au monde notre petit frère Djamel. Cette grossesse tardive l'a transformée, et il n'y en a plus que pour cet enfant. Djamel, le fils de Fouad, est le sel de sa vie, sa seule, son unique préoccupation. Elle le couve, le caresse, s'occupe sans cesse de lui – bref, elle lui donne tout l'amour que je n'ai pas eu. Je ne suis pas jalouse du petit. Mais quand je vois ma mère le tenir dans ses bras et le serrer tendrement contre elle, je prends la mesure de la dureté dont elle a fait preuve à mon égard. Et alors, le mot traverse mon esprit. Partir. Il faut que je parte. Où ? Comment ? Avec quel argent ? Je n'en sais rien. Mais il faut que je fuie, que je trouve le moyen d'aller vivre ma propre vie. Cette vie future, j'y pense souvent, désormais. Je l'imagine dans un cloître, un carmel, une église – je me vois religieuse, l'une de ces nonnes à cornette qui aident les enfants blessés. Mais pour cela, il faudrait que moi, la musulmane, je devienne officiellement catholique. Comment faire, qui aller chercher, et surtout, comment, ensuite, affronter mes frères qui, face à cette trahison, me tueront ? Oubliant les vœux, je songe alors à faire des études d'infirmière ou, à tout le moins, d'aide-soignante. Mais là encore, cela paraît impossible.

« Tu es algérienne, m'a dit l'un de mes professeurs à qui j'ai confié mon désir. Pour être aide-soignante, il faut avoir la nationalité française. »

Algérienne ? Oui. Je le suis, mes papiers en attestent. Ma carte d'identité est barrée de signes étranges, formant une écriture que je suis incapable de déchiffrer. Mais que m'importe cette nationalité, alors que je suis née en France et que j'y ai grandi ? À l'école, j'ai appris l'histoire de ce pays – de mon pays. J'ai récité Victor Hugo, « Demain à l'aube où blanchit la campagne », et La Fontaine, j'ai lu les contes de Perrault. J'ai chanté avec fierté *La Marseillaise*, Allons enfants de la patrie, de ma patrie. Alors comment est-ce que je pourrais être algérienne ? L'Algérie, pour moi, c'est juste une terre lointaine où marchent des femmes voilées, parlant une langue que je n'ai jamais réussi à maîtriser...

Jeudi – un jeudi d'avril. Aujourd'hui, pas d'école. Mais faute de cours – j'ai entamé récemment un CAP de comptabilité –, restent les corvées quotidiennes. Une tonne de linge à laver, à rincer, à essorer, puis à aller étendre dans la cave, où mon beau-père a posé un séchoir. Ma sœur Nora m'aide à transporter la lourde bassine dans laquelle j'ai entassé les pantalons, les chemises, les sous-vêtements, les chaussettes de la famille. Elle est lourde – aussi lourde que cette vie quotidienne qui me fait horreur. Pour quelle raison est-ce que ce jour-là, à cette heure-là, je décide, d'un coup, que tout doit s'arrêter ? Moi-même, je ne le saurai sans doute jamais. Mais ce qui est sûr, c'est que se fait en moi une sorte de déclic – et d'un coup, je décide que c'en est assez. Arrivée en bas, dans la cave, je pose la bassine par terre. Je me tourne vers ma sœur. Et je lui dis :

« Je m'en vais, Nora. »

Elle me regarde, fixe sur moi ses grands yeux noirs, reste muette, immobile. Est-ce qu'elle comprend ce que je viens de dire ? Est-ce qu'elle devine que j'ai décidé de quitter la maison, de fuguer, comme on dit ? Oui, sans aucun doute. Elle n'est pas plus heureuse que moi – et si elle est moins humiliée, elle reçoit, elle aussi, sa part de coups. D'ailleurs, la voilà qui hoche la tête.

« D'accord, dit-elle. Va-t'en. J'expliquerai à maman que tu es sortie acheter du beurre. Ça te donnera le temps... »

Le temps ? Le temps de quoi ? Je n'en sais rien. Mais je m'en fiche. Je remonte l'escalier quatre à quatre, j'enfile un manteau, je me glisse dehors. Je n'ai rien dans les mains, rien dans les poches, mais l'air, d'un coup, est devenu plus doux, plus léger, et là-haut, le ciel me semble bien plus bleu. Pour la première fois depuis longtemps – depuis toujours, en fait – je suis libre. Plus de courses, plus de ménage, plus de coups. Rien que cette promenade dans des rues ensoleillées. Il fait beau. C'est le printemps. Je suis heureuse de marcher. Mais je sais, d'instinct, que si je veux vraiment m'enfuir, il me faut aller plus vite, mettre une vraie distance entre la maison et moi. Alors je me plante sur le bord du trottoir et je lève le pouce. Me voilà, moi la timide, qui fais du stop – et le plus fort, c'est qu'un véhicule s'arrête.

« Où allez-vous ? me demande le conducteur.

– Je vais à Saint-Germain-en-Laye... »

Le nom de cette petite ville est venu à mes lèvres. Pourquoi Saint-Germain et pas Versailles, ou Trappes ? Je n'en sais rien. Mais quoi qu'il en soit, le conducteur de la voiture me fait signe de monter.

« Je peux vous déposer pas loin », me dit-il.

Et me voilà qui me glisse à ses côtés. Il démarre. Je ne sais pas où je vais, mais je sais maintenant que mon chemin passe par Saint-Germain la ville royale, celle où Louis XIV est né, je l'ai appris en cours d'histoire, j'ai même rêvé du destin de cet enfant devenu roi avant même d'être adolescent...

« Voilà. Je te dépose là. Pour aller à Saint-Germain, marche tout droit. C'est pas loin. »

Dix-huit heures. La nuit commence à tomber. Le conducteur qui m'a prise en stop vient de s'arrêter au beau milieu de la forêt. À droite, Saint-Germain. Tout droit, Poissy. C'est là qu'il va. Il ne veut pas faire un détour pour moi. Je sors de sa voiture. Me voilà seule, sur le bas-côté d'une route mal éclairée. Mais qu'importe. Il suffit de marcher...

Un véhicule ralentit juste derrière moi. D'instinct, je rentre les épaules. Je n'ai pas levé le pouce pour faire du stop. Pourquoi la voiture s'arrête-t-elle, alors ? D'un coup, d'atroces histoires colportées par les femmes de mon quartier me reviennent en mémoire. Elles parlent d'enfants enlevés, de fillettes violées, de garçonnets assassinés parce qu'ils ont été imprudents. Comme moi ? Allons. Pas de panique. Cet homme qui vient de stopper à ma hauteur n'est sûrement qu'un brave père de famille, inquiet de me voir seule, dans la forêt, à cette heure... Mais non, hélas ! Car il m'interpelle. Et son ton, sa voix, son visage même sont sans équivoque.

« Tu montes ? dit-il.

– Non. »

Je lance la réponse d'une voix la plus assurée possible. Je m'écarte. Je me mets à marcher plus vite, le plus vite que je peux. Dans ma poitrine, il y a une boule – la boule familière de la peur. Et quand le moteur de la voiture s'arrête, quand j'entends la portière claquer, quand je comprends que l'inconnu vient de sortir de son véhicule, la boule grossit jusqu'à m'étouffer. Il vient sur moi, je le sais, je le sens. J'entends ses pas, son souffle. Et j'ai beau courir, maintenant, je sais qu'il va me rattraper. Alors, d'un coup, je crie, je hurle, j'appelle au secours. Et ma voix emplit la forêt déserte...

« Ça va, petite ? »

Miracle. Une seconde voiture vient de s'immobiliser sur le bas-côté. À l'intérieur, un homme et une femme, qui descend sa vitre, et m'interpelle. Derrière moi, l'inconnu a pilé. Je n'attends pas qu'il rebrousse chemin. Je me précipite vers mes sauveurs, je grimpe à l'arrière. Je lance, fébrile : « Il faut partir. Il me court après. J'ai peur... »

Une pièce enfumée, remplie de policiers en uniforme. Ils m'entourent, me réconfortent. L'un d'eux me tend un verre d'eau. Un autre passe autour de mes épaules un bras paternel. Moi, je pleure, je hoquette, je m'étouffe tant mes sanglots sont forts. Ainsi, voilà où je suis arrivée, voilà où ma fuite si vaillamment engagée s'arrête. Je suis dans un commissariat de police. Et dans quelques minutes, maintenant, dès que j'aurai donné mon nom et mon adresse, les enquêteurs vont appeler ma mère... À l'idée de la correction qui m'attend quand elle viendra me chercher, j'ai presque aussi peur que tout à l'heure, dans le bois. Et d'un coup, une nouvelle vague de révolte s'abat sur moi. Non. Je ne rentrerai pas à Colombes. Je ne retrouverai ni ma mère, ni mon beau-père, ni mon rôle de Cosette. Pour la première fois de ma vie, je vais raconter ce qu'on m'inflige. Et alors, c'est bien le diable si l'on ne me retire pas à ma famille pour m'envoyer dans un foyer. L'une de mes amies d'école m'a expliqué que les foyers, « ce n'est pas la crème ». Peut-être. Mais en tout cas, ce sera toujours mieux que ce que je vis chez Fatima et Fouad. Dans un foyer, peut-être que je pourrai étudier ? Et chanter, qui sait ? Et aussi aller à l'église...

« Alors, me demande un policier. Raconte-nous pourquoi tu étais toute seule dans la forêt, à cette heure. »

Voilà. C'est le moment. Il faut que je parle. Il faut que je dénonce. Si je ne le fais pas, peut-être que je n'en trouverai plus jamais l'occasion. Ma mère va venir. Elle va me ramener chez nous, me frapper, m'enfermer. Elle va charger mes frères de me surveiller. Et ça, je sais bien ce que cela veut dire. Hayat m'a raconté comment l'une de ses amies, qui avait voulu épouser un Français, avait été cloîtrée pendant des mois. Comme à elle, il me sera interdit de sortir seule, même pour aller à l'école. Terminées, les promenades dans le quartier, les chansons fredonnées le long des trottoirs, les visites à l'église, les discussions avec les copines. Oui. Je le sais. Je le sens. Il faut que je parle, que je raconte.

« Je suis partie de chez moi parce que ma mère me frappe. .. »

Mes sanglots se sont arrêtés. Mes lèvres se sont entrouvertes. Je me délivre enfin de tous mes secrets. Puis, comme les policiers me suggèrent de le faire, je porte plainte. Ensuite, délivrée, soulagée, je m'étends sur le banc d'une cellule, je me blottis dans la couverture que les policiers m'ont donnée et je plonge dans un profond sommeil. En fermant les yeux, je suis heureuse. Car demain, c'est sûr, tout sera différent.

« Malika ? »

Stupeur. J'ouvre à peine les yeux que, déjà, ma mère est près de moi. Quelle heure est-il ? Sept heures ? Huit heures ? Quoi qu'il en soit, elle est là, dans ce commissariat qui, ce matin, sent le tabac froid et la sueur. La voilà qui se penche sur moi, m'entoure de ses bras, me serre contre elle. Et qui souffle :

« Malika, les policiers m'ont dit que tu avais porté plainte contre moi. »

Le ton est incrédule, la voix blessée. Oh ! Ma mère. Comme je te reconnais bien là. Tu frappes, tu cries, tu humilies. Puis, d'un coup, quand c'est nécessaire, tu te fais humble et aimante, une vraie mère, qui caresse ma joue, m'embrasse, un baiser qui malgré moi me bouleverse. Car c'est bon, d'être ainsi contre toi, tête nichée dans ton cou, c'est délicieux de respirer ton odeur, santal et menthe mêlés, depuis combien de temps est-ce que je rêve de cette étreinte ? Et d'un coup, je regrette de t'avoir dénoncée. Car je ne supporterai pas de te voir interrogée, inculpée, jugée, à cause de moi... Alors quand tu me souffles à l'oreille que je dois retirer ma plainte, je hoche la tête. Et je te suis docilement quand des policiers dubitatifs t'autorisent à quitter le commissariat avec moi.

Partir. Il me faut partir. Car deux mois ne se sont pas écoulés que, déjà, ma mère a repris ses habitudes. Après ma fugue, elle a joué les douces, les tendres. Elle m'a déchargée des tâches ménagères, m'a laissée travailler sans m'humilier. Mais cela n'a pas duré – en fait, j'en suis exactement au même point qu'avant. La voilà de nouveau hostile, méchante, cruelle. Me voilà de nouveau la souillon, l'étrangère, la tordue – la rebelle. Alors, pour la deuxième fois, je quitte la maison. Mais cette fois, je me jure que personne ne me rattrapera...

Le périphérique, à la hauteur de la porte Dorée. C'est là que je me plante, pouce levé. Devant moi, un jeune homme brandit une pancarte. *Vers le Sud*, y est-il écrit en lettres capitales. Ça m'irait bien, à moi aussi. Puis il est plutôt beau, ce garçon qui se tourne vers moi et me fait un large sourire. Avec sa barbe et ses longs cheveux blonds, il ressemble vaguement à Jésus-Christ. Du coup, quand il se rapproche de moi, je ne recule pas. Et j'accepte même d'engager la conversation.

« Salut, me dit-il. Je m'appelle Jean-Michel. Tu veux qu'on fasse équipe ? »

Équipe ? Oui. Je veux bien. Je veux bien, aussi, monter à ses côtés dans ce gros camion qui s'arrête à notre hauteur.

« Alors les gosses. On va se promener ? »

La route défile, à gauche, à droite. Des champs, des vergers, de petits villages bâtis autour d'une belle église. Assise sur le siège avant, tout près de Jean-Michel, je regarde le paysage avec émerveillement. Et je découvre la campagne – la vraie, celle des vaches bien grasses et des chevaux de trait. Nous voilà déjà loin, dans une Touraine semée de grands et majestueux châteaux, de fermes prospères. La Loire coule, paisible, lente – un fleuve de légende, dans lequel j'ai envie de plonger. Et d'un coup, j'avise une pancarte qui annonce l'entrée d'Amboise.

« On descend là ? » propose Michel.

Oui, on descend là. La ville est belle, le château, entr'aperçu au détour d'un virage, absolument superbe. Puis l'air est doux, il sent les fleurs. C'est un délicieux endroit – même si j'apprécie moins le camping dans lequel nous nous réfugions à la tombée de la nuit.

« T'inquiète pas, me dit Jean-Michel, qui semble doué d'un sixième sens. On va prendre une seule tente, mais je ne te toucherai pas, si tu n'en as pas envie. »

Mon intuition ne m'a pas trompée. Il est bien, ce garçon. Et moi, la sauvage, j'ai presque envie de me blottir dans ses bras. Si je ne le fais pas, ce n'est pas parce que je suis vierge, mais bien à cause de ces cicatrices qui sillonnent mes jambes. Elles sont laides. Je suis laide – une chiffonnière, trop maigre, au visage trop pointu, aux cheveux trop bouclés. Je suis indigne de ce baba cool qui se couche à mes côtés avec douceur. Je ne l'approcherai pas. D'ailleurs, je n'approcherai aucun homme. Je ne supporterai pas, je le sais, le contact de leurs mains sur mes jambes – j'ai trop peur qu'ils reculent, horrifiés, signant ainsi mon statut de monstre...

Juillet. Je suis heureuse. J'ai trouvé du travail dans un hôtel quatre étoiles d'Amboise : le Duc de Choiseul. La patronne, une belle femme blonde au regard très bleu, m'a confié le ménage et le repassage. Elle m'a également recommandée auprès de deux de ses amies, des vieilles filles qui me louent une chambre. Toute la journée, j'astique, je lave, je brique des chambres superbes, aux noms évocateurs. Je passe de la « Pompadour » aux « Trois Marquis », des « Nobles de France » aux « Têtes couronnées ». À dix-neuf heures, je me glisse dans le salon, où on a installé un piano-bar. Le pianiste joue du jazz, mais aussi de la musique classique, en particulier du Chopin. Je m'y fais toute petite pour l'écouter. À peine a-t-il commencé que je me coule dans la musique, comme je me coulerais dans les vagues d'un océan furieux. Je monte, je descends, au rythme des notes, je rêve, j'imagine qu'un jour, moi aussi, je poserai mes doigts sur un clavier pour faire naître ces sons sublimes. Le pianiste parti, j'approche à pas de loup de l'instrument, je fais résonner quelques notes, *do, ré, mi, fa*, je suis interrompue par une voix gouailleuse, celle de l'animateur Jacques Martin, qui séjourne ici pour quelques jours et qui me lance :
« Alors, la petite femme de chambre, on aime la musique ? »
Oui, j'aime la musique. Et j'aime encore plus ma nouvelle vie. Le soir venu, je me réfugie dans mon domaine – huit mètres carrés, un lit, un bureau, un petit lavabo, une douche dans le couloir – et là, je profite de ma solitude. Chez moi,

à Colombes, il y avait toujours du bruit – pleurs de bébé, cris de Sioux de Bibi, hurlements de ma mère, vociférations de mes sœurs. Ici, il n'y a rien, rien qu'un silence ponctué parfois de chants d'oiseaux. Ma logeuse m'a donné une petite radio. J'y cherche des chansons. Je savoure les mélodies de Jacques Brel. Je me promets qu'avec ma première paye, je m'achèterai un tourne-disque. Je lis, aussi. Puis bien sûr je reçois Jean-Michel, ce garçon très doux à qui je continue de me refuser. Un jour, peut-être, je le laisserai m'embrasser. Pour le moment, ni lui ni moi ne sommes pressés...

« Malika, téléphone pour vous. »
Septembre. Voilà presque six semaines que je travaille au Duc de Choiseul. C'est le premier coup de fil que je reçois. Qui peut m'appeler ? Jean-Michel ? Ou bien cette couturière à laquelle, voilà quelques jours, j'ai laissé une jupe neuve pour une retouche ? Sans méfiance, je prends l'appareil. Et je me fige. Car à l'autre bout du fil, il y a ma sœur Hayat.
« Malika, dit-elle, il faut que tu rentres à la maison. Tu nous manques. »
Ainsi, ma famille m'a retrouvée. Mais comment ? Je glisse un œil vers la patronne, cette femme blonde si gentille. À son air penaud, je comprends que c'est elle qui les a prévenus. Elle a dû avoir peur des ennuis, parce qu'elle employait une mineure. Et elle a cherché à se couvrir... Depuis combien de temps ma mère sait-elle que je suis ici, à Amboise ? À bien y réfléchir, depuis le début sans doute. Je me croyais libre. Je n'étais qu'en résidence surveillée. Et si je refuse de rentrer, j'en suis sûre, Fatima passera de la

douceur à la menace, puis de la menace à la force, et elle enverra mes frères me chercher.

« Malika... »

À l'autre bout du fil, ma sœur insiste.

« Tu ne peux pas faire le ménage toute ta vie, dit-elle. Il faut que tu termines tes études. Tu es intelligente. Tu ne vas pas passer le reste de tes jours à nettoyer les chambres d'un hôtel. »

Un silence. Puis elle ajoute :

« Maman est d'accord pour te payer des cours de comptabilité à l'école Pigier. Dans deux ans, tu seras tirée d'affaire. Rentre, on te fera une grande fête... »

Pour une fête, ça a été une fête. Quand je suis rentrée chez moi, tout le monde m'attendait, c'est vrai. Mais pas pour se réjouir. À peine passé la porte, ma mère m'attrape par le bras. Elle me gifle – un aller-retour qui me fait monter les larmes aux yeux, tant il est violent. Puis elle s'efface devant mes frères. Et ils la relayent. Dodi, d'abord. Mohamed ensuite. L'un après l'autre, ils me questionnent, ils me menacent. Où est-ce que j'ai dormi ? Avec qui ? Un garçon m'a-t-il approchée ? Si oui, lequel ? Et surtout, la question. Est-ce que je suis encore vierge ?

Derrière eux, Hayat et Djamila regardent la scène, sans broncher. Ni l'une ni l'autre ne me viennent en aide. Au contraire. Il me semble que derrière leurs visages fermés transparaît une joie mauvaise. Combien de temps est-ce que cela dure ? Dix minutes ? Quinze minutes ? Une éternité, en tout cas, au cours de laquelle j'encaisse les insultes sans répondre. Puis, quand tout est enfin terminé, je me tourne vers ma mère. Et je lance :

« Puisque tu veux tellement le savoir, oui, je suis toujours vierge. Mais la prochaine fois, ça ne sera plus le cas ! »

Novembre. J'ai repris la vie de famille. Rien n'a changé – si ce n'est que mes frères me surveillent de près. Pas assez, pourtant, pour m'empêcher de faire connaissance avec le cousin de l'une de mes camarades de classe – je vais désormais au cours Pigier. Fabrice, c'est son nom, ne me plaît pas particulièrement. Mais il me tourne autour, m'apporte des fleurs, me fait comprendre qu'il aimerait bien sortir avec moi. Et moi je n'ai plus qu'une idée : me débarrasser, enfin, de cette virginité qui tient tant à cœur à ma mère. Alors un jour, je « sèche » quelques heures de comptabilité et je le rejoins chez lui. Ce qui s'y passe reste dans ma mémoire comme une chose sale, un mauvais souvenir. Qu'importe. Quand je ressors, je me suis débarrassée de mon hymen et je suis certaine que, désormais, Fatima ne cherchera pas à me marier de force, comme elle-même l'a été.

9

Je ne me souviens plus quand, exactement, ma mère m'a proposé d'« aller faire un tour en Algérie ». Mais ce que je sais, c'est que dans sa bouche, la phrase prenait des airs de vacances. Elle sentait la mer, les longues promenades sur la plage, la visite de villes inconnues. De quoi m'appâter, moi qui n'avais jamais passé une frontière.

« Amar est là-bas, a-t-elle ajouté. Il te recevra comme une reine. »

Effectivement. Voilà trois ans maintenant que mon frère aîné est rentré « au bled » comme on dit. Un retour aux allures d'exil. En effet, à force de trafiquer du cuivre – ou autre chose –, Amar a fini par se faire remarquer des services de police. Après plusieurs séjours à Fleury-Mérogis, il a décidé d'aller se « mettre au vert » – et bien lui en a pris. En Algérie, il a cessé ses bêtises. Il s'est marié, il a une fillette de dix-huit mois, il exerce le métier d'instituteur. Bref, il s'est refait une virginité.

« Avant d'aller chez lui, à Mostaganem, a encore dit ma mère, tu t'arrêteras quelques jours à Alger. J'y ai des amis... »

Décidément, la proposition est alléchante. Et moi, si méfiante d'ordinaire, je ne flaire aucun piège. Allons. Pour une fois, la chance me sourit, on m'offre une autre vie, le temps d'un été. Adieu Colombes. Adieu le cours Pigier. En route pour l'Algérie...

La chaleur. La poussière. La foule. Voilà ce qui m'accueille, sitôt sortie de l'aéroport d'Alger. Youssef et Meriem, les amis de ma mère, sont venus me chercher. Ils me guident jusqu'à leur voiture. Mais j'ai bien du mal à les suivre. Ici, en ce mois d'août, c'est la fournaise. Cinquante degrés à l'ombre, et de l'ombre, il n'y en a presque pas. L'air est si chaud qu'il semble solide – et je ne vois ce qui m'entoure qu'à travers une sorte de brume. Les sièges de la voiture sont bouillants. Les vitres ouvertes laissent entrer un vent qui semble sorti d'un sèche-cheveux géant. Pire encore, pour moi qui aime tant le calme : sur les trottoirs, dans la rue, partout, c'est un invraisemblable tohu-bohu, mêlant véhicules modernes et passants sortis d'un autre âge. Hormis quelques originales en pantalon moulant, les femmes sont voilées de la tête aux pieds. Leur front et leurs mains, teints de henné, dépassent à peine. À les regarder marcher, pieds nus dans leurs babouches, on croirait une armée de fantômes – des spectres qui évitent, avec soin, les cafés où les hommes sirotent leur thé à la menthe. Partout, deux mondes se côtoient. Le XXe siècle, avec les businessmen en costumes trois-pièces, chemises et cravates assorties. Le Moyen Âge, avec ces âniers dépenaillés, dont les bêtes tirent d'invraisemblables charges. Dégoulinante de sueur, je regarde autour de moi – et déjà, je rêve à ma douce Île-de-France. Ici, tout semble rude, âpre, difficile. De petits enfants dépenaillés tendent la main, mendiant qui un chewing-gum, qui un stylo, qui une piécette. Leurs visages émaciés, leurs yeux parfois purulents, leurs lèvres mangées d'herpès signent la misère dans laquelle ils grandissent. De grosses mouches tournent au-dessus de leurs têtes – et des nôtres, d'ailleurs, je n'arrête pas de les chasser. Là, sur le bas-côté, des mendiants tendent aux passants des sébiles vides. Des étals offrent leurs fruits trop mûrs, oranges, pommes, citrons, des viandes noires, à l'odeur âcre, quelques moutons écorchés pendus à des crochets. Et d'un coup, je me fige. Car une clameur retentit – celle du muezzin, qui appelle la ville entière à prier Allah d'une voix mélodieuse. Voilà. Ça y est. J'y suis. Bienvenue à Alger la Blanche, ville aux merveilleuses rocades dominant une mer d'un bleu profond, et aux ruelles sordides où s'entasse toute la misère du monde...

« Espèce de pute ! »
Quel jour est-on ? Mercredi, jeudi ? À vivre loin de chez moi, dans cette ville étrangère, j'ai perdu la notion du temps. Puis chaque jour ressemble au précédent : après avoir pris un petit déjeuner copieux en compagnie des amis de ma mère, je sors visiter la ville, et je me promène, de longues heures durant, dans tous ses coins et ses recoins. Jusqu'à présent, je me suis habillée à l'algérienne : longues jupes battant la cheville, épaules et bras couverts, fichu sur les cheveux. Mais aujourd'hui, allez savoir pourquoi, j'en ai eu assez de jouer les femmes voilées et j'ai enfilé des jeans pattes d'éléphant et un tee-shirt échancré. Après tout, mes hôtes ne cessent-ils pas de me dire que leur pays – que mon pays ? – est en pleine évolution, en pleine révolution ?
« Tu sais, Malika, assurent-ils l'air grave, ici, les femmes vont bientôt trouver toute leur place. Les Algériens sont féministes, qu'on le croie ou non. »
Féministes, les Algériens ? Ça n'en a pas l'air. À Paris ou à Nice, ma tenue n'aurait rien de scandaleux. Ici, je n'ai pas fait cent mètres que l'on m'interpelle.

« Va t'habiller ! Tu devrais avoir honte ! »

L'homme qui m'apostrophe est assis devant un petit café. Un lieu où, j'en ai fait l'expérience, je n'ai pas le droit d'entrer, même si je meurs de soif. Encore une coutume que la « révolution algérienne » n'a pas réussi à abolir...

« Putain ! » hurle-t-il de nouveau.

Le mot me frappe de plein fouet, comme le ferait une gifle. Qui est-il, cet inconnu, pour m'insulter de la sorte ? Chez moi, en France, je me serais sans aucun doute dirigée vers lui pour l'insulter à mon tour – voilà longtemps maintenant que j'ai perdu mes manières d'enfant sage. Mais ici, je reste figée sur le trottoir, consciente des dizaines de regards mi-haineux, mi-hostiles qui se posent sur moi. D'un geste rapide, je couvre ma gorge nue de mes mains. Ensuite, je tourne les talons, et je prends le chemin du retour...

« Tu as fait une mauvaise expérience, concluent Youssef et Meriem quand je leur rapporte ma mésaventure. Mais tu vas voir. D'ici cinq ans, dix au plus, tout ça aura changé... »

La gare d'Alger. Une grande enceinte grouillant d'une foule bigarrée. Il fait chaud, très chaud, encore plus chaud que les jours précédents. Je commence à en avoir plus qu'assez de ce pays. Ici, quoi qu'en disent Youssef et Meriem, on est encore trois cents ans en arrière. Les femmes n'ont pas le droit de rire, de courir, de travailler. Elles n'ont même pas le droit de se montrer. À Colombes, j'étais plus ou moins enfermée dans notre appartement. Ici, c'est un pays tout entier qui me tient prisonnière – et c'est à reculons que je suis mon frère Amar, venu me chercher, comme convenu, dans la capitale. Il est content de me retrouver, volubile, disert. Il marche vite, me tire, me traîne derrière lui, sans se préoccuper de ce qui nous entoure. Mais pour

ma part, je me sens mal à l'aise ; il me semble que tout le monde me regarde. D'ailleurs, ça ne rate pas. Alors que je dépasse un groupe d'hommes en train de palabrer, cigarettes à la main, l'un d'eux me montre du doigt, et dit, rigolard :
« Regardez la Française ! »
À ce mot, mon frère se retourne, réagit.
« C'est ma sœur ! crie-t-il à l'inconnu. Elle n'est pas française ! Elle est algérienne, comme nous ! »
Française ? Algérienne ? En vérité, je me demande bien ce que je suis. Trop brune pour un pays, pas assez basanée pour l'autre. Une étrangère qui, à cet instant, donnerait dix années de sa vie pour retrouver l'univers feutré des maisons de convalescence. Il était là, mon pays, dans ces réfectoires aux tables bien cirées, ces dortoirs aux lits soigneusement alignés, ces chapelles où je pouvais prier un Dieu d'amour. Un univers à jamais perdu, celui d'une enfance préservée...
« Allez, Malika, tu viens ? On va rater le train. »
Oui. Je viens, Amar. Je te suis. Tu ignores tout de mes pensées vagabondes. Qu'est-ce que je fais là, derrière toi, dans cette fournaise ? Pourquoi est-ce que je monte cahin-caha dans ce train déjà bondé ? Qu'est-ce que je vais faire chez toi, dans ta maison où, je le sais, je ne pourrai ni chanter, ni lire, ni apprendre, ni prier ?

Le train s'ébranle – un train aux fenêtres ouvertes, qui roule à moins de cinquante à l'heure. Dans notre wagon, nous voisinons avec une bonne vingtaine de villageois venus dans la capitale vendre leurs marchandises. Ils dégagent une odeur forte, l'odeur de misérables jamais lavés, qui dorment avec leur bétail. L'une des femmes porte deux poules – et je souris, en pensant que, décidément, ces volatiles me poursuivront toujours. Une autre chique, mains tatouées de henné, front plissé de rides, yeux bordés de khôl dépassant du voile. À les regarder, je me demande, une fois de plus, ce qui peut bien me relier à elles. Ces gens pourraient bien être des extraterrestres, ils ne me seraient pas plus étrangers – et de nouveau monte en moi la nostalgie de ma terre de France, et de cette Loire si douce dans laquelle Jean-Michel et moi nous nous sommes baignés. Par les vitres ouvertes, le vent chaud nous enveloppe, et le paysage autour de nous est de plus en plus sec, aride, désertique. À droite, à gauche, de la caillasse, quelques oliviers. De temps en temps, une ferme, plantée dans l'immensité. Des cailloux, de nouveau – puis un sol très blanc, plaine asséchée, dans laquelle on distingue parfois le vert d'un palmier, la douceur d'une oasis. Amar sort de sa besace une bouteille d'eau et notre déjeuner. Du pain fourré de tomates et de fromage de chèvre, quelques olives noires, des gâteaux au miel. Je mange avec difficulté, tant ma gorge est serrée. Et plus le train roule, plus la campagne se fait désertique, plus je me maudis d'avoir accepté ce voyage...

Mostaganem. Nous descendons du train. J'ai à peine le temps de jeter un coup d'œil sur la ville – une succession de ruelles au sol de terre battue, flanquées de part et d'autre de maisons sombres et basses – que déjà nous voilà dans le bus. Destination : Monplaisir, la bourgade où mon frère habite. Une demi-heure plus tard, nous y sommes enfin. Il est quatre heures de l'après-midi, nous sommes partis d'Alger à l'aube, je suis éreintée. Amar, lui, semble toujours aussi guilleret. Il me devance dans les rues du village, portant, sans effort apparent, ma lourde valise. Deux cents mètres plus loin, le voilà qui s'arrête.

« C'est là, dit-il. Derrière le mur. »

Derrière le mur. La phrase fait passer dans mon dos un petit frisson. D'un coup, malgré la chaleur, je grelotte. Et d'instinct, je recule de deux pas. Le mur dont parle mon frère ressemble étrangement à l'enceinte d'une prison. Haut de deux mètres environ, d'une vilaine couleur ocre, il est surmonté de tessons de bouteilles – « pour ne pas que les cambrioleurs puissent entrer », me dira plus tard Amar. Une seule porte le troue, un vantail de bois massif, à la lourde serrure ouvragée. Amar y introduit une clé, la tourne deux fois, pousse la porte.

« Entre », dit-il.

Entrer ? D'accord. Seulement voilà. Est-ce que je vais pouvoir ressortir ? À cet instant, rien ne me semble moins sûr. Et si je le pouvais, je prendrais mes jambes à mon cou. Mais c'est impossible, évidemment. Tout à l'heure, Amar m'a pris mes papiers et mon billet d'avion. « Tu pourrais les perdre, ce serait embêtant », a-t-il lancé. Où aller, sans passeport, sans un sou, sans la valise, qu'il porte et dans laquelle sont entassées toutes mes affaires ?

Une belle maison aux allures espagnoles. Voilà l'endroit où vivent mon frère, sa femme et leur bébé. À l'intérieur, dans le premier salon, du carrelage, des coussins, des matelas à même le sol, de belles couvertures orientales. La cour centrale, où coule une fontaine, est fraîche, agréable. Elle donne sur plusieurs chambres, dont celle de la petite Fatiha. Et elle est là, cette petite fille dont Amar nous a envoyé quelques photos. Allongée à même le sol, elle me fixe de ses grands yeux noirs et vides. Elle ne bouge pas. Elle ne parle pas. Elle ne pleure même pas. Et ses mains aux doigts étrangement recourbés, le filet de salive qui tombe de ses lèvres entrouvertes signent sa différence...

« Elle est née avec une malformation, me dit Amar. Sa boîte crânienne est trop petite pour son cerveau. Les médecins nous ont expliqué qu'elle ne vivrait pas plus de quelques années. Alors... »

Alors, personne ne s'occupe d'elle. Quand je m'approche, une odeur pestilentielle monte en effet à mes narines. Fatiha a fait ses besoins, et l'on n'a pas changé la couche de tissu qui enserre son bas-ventre. Pire encore. Elle a vomi sur son pyjama, et personne ne le lui a enlevé.

« Sa mère a du mal à la supporter, dit Amar, à qui je lance un regard noir. Tu comprends, c'est difficile, pour elle... »

Ce que je comprends surtout, c'est que je suis passée d'un univers de fous à un autre. Ma mère à moi ne m'a jamais aimée. Elle ne s'est jamais occupée de moi. Un jour, elle m'a même oubliée et j'ai atterri à la DDASS. Je la trouvais déjà monstrueuse. Mais il y a toujours pire. Ce que supporte Fatiha depuis sa naissance doit être bien plus terrible encore que ce que j'ai supporté moi.

« Et elle est où, sa mère ? »

Je pose la question d'une voix tranchante. Mais pour une fois, Amar le sourcilleux, l'arrogant, le prétentieux, ne me remet pas à ma place. Un rien honteux, il répond :

« Elle travaille. En fait, si on t'a fait venir... »

Si on t'a fait venir ? Voilà, ça y est. J'ai compris — et je me maudis d'avoir été aussi sotte. Je ne suis pas venue en Algérie pour y passer des vacances. Ma mère, cette Thénardier, ne m'aurait pas lâchée si facilement. Elle m'a expédiée ici à la demande d'Amar, pour que je m'occupe de cette petite infirme. Elle n'a rien trouvé de mieux que de lui proposer mes services, gratuits. Comme c'est commode. Moi, Malika, on ne peut plus me marier, puisque je ne suis plus vierge. Mais on peut encore m'enfermer avec une fillette malade... Durant quelques secondes, une rage noire monte en moi. Non. Ils ne m'auront pas. Mon avenir n'est pas là, aux côtés de Fatiha. Que mon frère le veuille ou non, je vais récupérer mes papiers, mon billet d'avion et rentrer en France...

Mais sur le lit, la petite gémit. Une plainte douce, qui me bouleverse. Car dans cette enfant, je crois me reconnaître. J'ai été comme elle. Incapable de bouger, de parler, de crier – et même de pleurer. Qu'est-ce que je serais devenue, si l'on m'avait abandonnée ? Un bref instant, je crois sentir sur mon front la main de Gaby, cette infirmière qui m'a longtemps tenu lieu de mère. Et d'un coup, je craque...

« Allez, bébé. Viens. »

Je prends l'enfant contre moi. Elle est si frêle, si maigre, qu'on croirait serrer un oiseau. Avec douceur, j'entreprends de la déshabiller. Ensuite, je la soulève et je l'emmène dans la salle de bains. Là, je la débarbouille, centimètre après centimètre, avant de démêler ses cheveux à l'aide d'une grosse brosse ronde. Puis je la ramène dans sa chambre, et je fouille dans son placard pour y trouver des vêtements propres. Il n'y a que des hardes sur les étagères. Qu'importe. Demain j'irai au marché pour acheter quelques robes et des chaussettes. Pour le moment, Fatiha est propre – et son regard a changé. Tout à l'heure, il était vide, absent. À présent, l'enfant me fixe de ses grands yeux noirs. Et j'ai même l'impression que ses lèvres dessinent une ébauche de sourire.

M'occuper de Fatiha. Voilà ce à quoi je me consacre désormais. Oubliés, le mur d'enceinte si haut, la porte d'entrée verrouillée à double tour. Je me fiche d'être prisonnière, puisque je ne désire plus sortir. L'avenir ? On verra bien. Tout ce qui compte, pour le moment, c'est le présent. Un présent fait des mille attentions que je donne à l'enfant blessée. La première nuit, je l'ai entendue pleurer. Aussitôt après, elle s'est mise à crier. Je me suis précipitée. J'ai surpris Souad qui la frappait à l'aide d'une pantoufle. J'ai arraché la petite aux mains de ma belle-sœur. Je l'ai emportée contre moi, posée sur mon lit. Ensuite, je lui ai parlé, je l'ai bercée, je l'ai consolée. Peu à peu, elle s'est calmée – et elle a fini par s'endormir tout contre ma poitrine. Je suis restée longtemps à la regarder, à respirer son odeur, à caresser son front, où perlait une légère sueur. En silence, je lui ai juré que je ne l'abandonnerais pas, que je ne la laisserais pas tomber – que je serais pour elle la mère dont elle a été privée depuis sa naissance. Depuis, nous passons toutes les heures de la journée ensemble. J'ai appris à la faire manger – c'est long et difficile, parce qu'il faut attendre qu'elle trouve la force de desserrer ses lèvres et de déglutir. Je la lave régulièrement, je l'habille de vêtements neufs que j'ai ordonné à Amar d'aller acheter. Je lui chante des chansons, je tente de la faire marcher – depuis quelques jours, lorsque je la tiens fermement sous les bras, elle parvient à esquisser quelques pas. Je parle, aussi, avec Souad, sa mère. J'essaie de lui expliquer qu'elle doit trouver la force d'accepter cette enfant si différente des autres.

« Tu ne comprends pas, me dit-elle. Je ne la rejette pas. Mais elle va mourir. Je ne veux pas m'attacher trop à elle... »

D'un geste vif, je soulève alors mes jupes et je lui montre mes cicatrices. Puis je lance :

« Regarde. Moi aussi je devais mourir. Et pourtant, je suis toujours là... »

Dimanche. Aujourd'hui, Souad et moi, nous allons au hammam. Un événement, pour moi, la recluse – voilà presque quinze jours que je ne suis pas sortie. Pour l'occasion, j'ai mis à Fatiha sa plus belle robe, faite d'un voile léger, d'un rose transparent. Bien coiffée, le visage plus rond, elle est presque comme les autres. Même si son corps est mou et que sa tête ballotte sur mon épaule. Mais qu'importe. Je n'ai pas honte de cette enfant, au contraire. Je vais l'emmener découvrir le monde – un monde qu'elle n'a jamais vu, ou presque... Ensemble, nous franchissons donc la fameuse porte de bois qui nous barre la route de l'extérieur. Et d'un coup, je retrouve l'Algérie, ce pays rude et âpre dont j'ai été préservée pendant quelque temps. Chez Amar, il fait frais, l'eau coule de la fontaine, les pieds glissent sur un carrelage très lisse et un agréable parfum d'épices emplit l'air. Dehors, le sol est poussiéreux à l'extrême, et le soleil darde sur nous des rayons caniculaires. D'instinct, je pose ma main sur la tête de Fatiha, pour la protéger. Et elle ferme les yeux, se blottit contre moi – se fait lourde, trop lourde, lorsque je me mets en marche. Le hammam est à Mostaganem. Pour y arriver, il faut prendre le bus, un vieil autocar tout cabossé qui transporte sa cargaison habituelle de villageois, mais aussi de poules. L'une des femmes assises face à moi, voilée comme de juste, transporte même sur ses genoux un petit agneau qui ne cesse de bêler. Fatiha semble l'entendre, s'y intéresser. Est-ce que je rêve ? Ou est-ce que, depuis que je m'occupe d'elle, la petite a fait des progrès ? Peut-être que si je continue à l'aimer, à la stimuler, à lui parler, elle finira par surmonter, au moins partiellement, son handicap ? Si cela pouvait arriver, j'aurais au moins servi à quelque chose, en ce bas monde. « Une vie épargnée, et c'est l'humanité tout entière qui est sauvée », disait l'une des religieuses qui nous faisait les cours de catéchisme. Puisse-t-elle avoir raison. J'en aurais le cœur plus léger.

Un arrêt. Souad me fait signe que c'est là que nous descendons. Le hammam est tout près, cent mètres à pied à peine. Devant la porte du bâtiment – une maison basse, refermée sur elle-même, comme toutes celles qui nous entourent –, une bonne dizaine de femmes voilées papotent gaiement. D'emblée, le ton est donné. Ici, l'Algérie a le sourire, et elle est bavarde...

Chaleur. Humidité. Mon corps ruisselle. Pudique, j'ai gardé une fine chemise et un jupon. Souad, elle, est nue, comme toutes les autres femmes. Elles se savonnent l'une l'autre avec de grosses pierres noires, et leurs corps virent peu à peu à l'écarlate. Depuis combien de temps sommes-nous là, dans cette pièce emplie d'une vapeur si chaude qu'elle m'étouffe presque ? Je n'en sais rien, mais j'en ai déjà assez. Je lui fais signe que je sors, avec la petite Fatiha, qui n'en peut plus, elle non plus. Souad, de son coin, m'adresse un grand sourire, un petit signe de la main, et reprend sa conversation avec sa voisine. Je ne sais pas ce qu'elles se racontent. Moi, je me glisse dans la pièce attenante, très fraîche celle-là. Ici, les femmes s'arrosent avec l'eau de la fontaine située au centre. Elles gloussent de plaisir quand le liquide glacé dégouline le long de leurs seins, de leurs ventres, avant de se perdre dans leurs toisons pubiennes. Elles courent, elles crient, elles jacassent – si belles sans leurs voiles. Moi, je trempe ma main dans la fontaine, puis je m'en asperge le visage, le corps, avant de passer de l'eau fraîche sur les joues de Fatiha... Je suis bien, ici, avec elle. Il me semble avoir trouvé ma place. J'ai oublié la France – et si je chante encore, c'est pour elle, que j'endors toutes les nuits avec des berceuses...

10

Des cris. Des hurlements. Des bruits de coups. Amar frappe sa femme. De la chambre de la petite Fatiha, où je tente d'endormir l'enfant, je l'entends qui la traite de putain. Putain ? Mais pourquoi ? Souad mène une vie exemplaire. Elle ne sort que pour faire quelques courses ou aller à son travail – elle est institutrice dans l'école située juste à côté de la maison. Le reste du temps, elle vit ici, semi-cloîtrée. Qu'est-ce qui peut provoquer chez mon frère cette crise de jalousie furieuse ? J'ai beau me creuser la cervelle, je ne parviens pas à le découvrir. Mais en entendant Souad sangloter, je sens monter en moi une vague de panique. Je donnerais n'importe quoi pour être capable de courir au secours de ma belle-sœur. Seulement voilà. J'ai peur. Une peur qui bloque ma respiration, fait monter à mon front une sueur froide, à mes lèvres une nausée. Et du coup, incapable de bouger, je reste là, yeux fermés, à prier Dieu pour que tout cela s'arrête...

Mais Dieu, ce jour-là, doit avoir autre chose à faire que m'écouter. Quand Souad sort de sa chambre, elle a un œil au beurre noir et une lèvre éclatée. Pourtant, elle dîne de bon appétit. Et comme je lui demande ce qui s'est passé, pourquoi Amar l'a battue, elle me répond simplement :

« Oh ! Il n'aime pas que j'aille au hammam. »

Le ciel me serait tombé sur la tête que je n'aurais pas été plus étonnée. Ainsi, ma belle-sœur a reçu une correction juste parce qu'elle est allée se laver ?

« Pas parce que je suis allée me laver, corrige-t-elle avec un petit sourire. Parce que j'ai bavardé avec les autres femmes. Amar n'aime pas ça. »

Elle se tait. Puis elle ajoute, avec fierté :

« Tu sais, s'il me bat, c'est parce qu'il m'aime... »

Un monde de fous. Voilà bien l'univers dans lequel je vis. À côté, la France est décidément un éden. Là-bas, chez moi, les femmes ne tirent pas gloire des coups qui leur sont portés. Si elles le désirent, elles peuvent aller voir une assistante sociale, ou même un juge. Ici, en Algérie, elles n'ont pas ces recours. Elles ne sont que des créatures destinées à donner la vie, à élever leurs enfants, et à se soumettre à toutes les exigences de leurs maris. Sans regimber...

Dimanche. Aujourd'hui nous allons, tous ensemble, rendre visite à l'une des tantes de Souad. Elle s'appelle Marzia et habite une belle maison au centre de Mostaganem. La petite Fatiha dans les bras, je fais connaissance avec les autres invités. Il y a l'une de mes cousines, Dalila, une jolie fille blonde aux yeux verts – dans notre famille, m'explique-t-elle, coule du sang syrien, berbère et espagnol, et d'un coup, je me souviens que mon père avait les yeux gris. À côté d'elle, sa mère, son père. Puis un autre cousin, Ali, petit homme trapu, que je surnomme immédiatement « Rase-Mottes ». Le moins que l'on puisse dire, c'est qu'il s'intéresse à moi. Durant le repas – un tagine trop gras, auquel je ne touche pratiquement pas – il ne cesse de me questionner. « Tu as quel âge ? » « Tu fais des études, en France ? » « Tu aimes Paris ? « Et l'Algérie, ça te plaît ? » « Tu aimes les enfants ? Tu as l'air, tu t'occupes si bien de Fatiha ! »

« Quand vas-tu repartir ? » « Tu vas reprendre tes cours ? »
« Est-ce que tu as un ami ? » Je lui réponds poliment, enfin,
aussi poliment que je peux. Mais s'il ne sent pas la nuance
d'exaspération qui monte dans ma voix, c'est bien qu'il est
idiot... Et le voilà qui recommence. « Est-ce qu'on pourrait
se revoir ? » « Tu es disponible dimanche prochain ? » « Tu
peux amener Fatiha, j'adore les enfants »... Le voilà ensuite
qui se présente. Trente-cinq ans, commerçant – « Je tiens
une boutique de vêtements, costumes pour hommes, chemises, cravates, des trucs bien » – , célibataire, sans enfant
bien sûr. Il aime la bonne chère, les promenades à la mer,
mais déteste la lecture. Je hasarde : « Et la musique ? » Non.
Il n'aime pas la musique. « Ça me casse les oreilles. » Décidément, ce type-là est vraiment stupide...

Quinze heures. Nous avons enfin terminé notre repas.
Pendant que les hommes vont fumer dehors, nous, les
femmes, nous montons bavarder sur la terrasse. Il y fait
plutôt bon, à l'ombre d'un grand parasol. Je savoure un café
très fort – la seule chose que j'aime, je crois, dans ce pays.
Pendant que je le sirote, Marzia s'approche de moi.

« Est-ce que tu veux que je te prédise ton avenir ? » me
demande-t-elle.

Et comme, intriguée, j'accepte, elle sort de l'une de ses
poches un sachet de papier contenant des graines de
couscous.

« Lance-les. »

Je m'empare d'une poignée de graines et la jette en l'air.
Le couscous retombe en pluie, formant sur le sol quelques
dessins. Un rond. Une traînée rectiligne. Une sorte de lac,
que Marzia désigne du doigt, un sourire aux lèvres.

« Bonne nouvelle ! exulte-t-elle. Tu vas te marier bientôt. »

À cet instant retentit le miaulement d'un chat.

« Écoute ! ajoute-t-elle. C'est un signe, ça aussi ! Un enfant naîtra neuf mois après ton union... »

Un mariage ? Un enfant ? Je secoue négativement la tête. Moi, je ne veux pas de mari, et encore moins d'enfant. Ce que je veux, c'est rentrer en France, retrouver la douceur du climat, mes cours de comptabilité, et même l'appartement de Colombes. Et je le dis, sans ambages, à mon hôtesse.

« Écoute ! » lance Marzia.

Dans le port, un bateau lance un appel – bruit sourd, lancinant, qui signale qu'il quitte son ancre.

« Tu vois ! dit mon hôtesse, en me tapotant gentiment la main. Allah t'a bénie. Le bruit du bateau qui s'en va, cela veut dire que toi aussi, tu vas bientôt repartir... »

Repartir ? Peut-être. Mais Dieu seul sait quand. Août, septembre, octobre se sont écoulés, et je suis toujours en Algérie. Quand je fais remarquer à Amar que j'ai raté la rentrée chez Pigier, il se détourne, s'en va, évite de me répondre. Si j'insiste, il s'impatiente, fait un signe de la main dans le vide, prend son visage des mauvais jours.

« Tu n'es quand même pas si pressée ! lance-t-il. Tu es malheureuse, ici ? »

Non. Je ne suis pas malheureuse. Je suis prisonnière. La peur de ne pas pouvoir me libérer me gagne avec chaque jour qui passe. Heureusement, Amar, qui sent ma panique monter, m'annonce que ma mère et Djamila vont venir me rejoindre.

« Elle va rester quelques jours ici, dit-il. Vous repartirez ensemble. Une fille de ton âge, ça ne doit pas voyager seule. »

Décembre. Ma mère et Djamila viennent tout juste d'arriver. Après les embrassades de rigueur, ma sœur prend prétexte d'une grande fatigue pour se retirer dans notre chambre. Qu'est-ce qu'elle a, Djamila ? Elle d'ordinaire si coquette est attifée comme une souillon, et pas coiffée, en plus. Son visage rond ne porte aucune trace de maquillage. Et elle a les yeux battus de celles qui ont beaucoup pleuré...

« Je sais, me dit-elle. Je suis laide. Mais c'est tant mieux. »

Un silence. Elle lève son regard très noir sur moi. Puis elle souffle :

« Tu sais pourquoi on est ici ?

– Non... Enfin, moi, on m'a fait venir pour que je m'occupe de Fatiha. »

Djamila hausse les épaules.

« Ma pauvre Malika, tu es vraiment stupide. Fatiha, tout le monde s'en fout, à commencer par ses parents. Elle va mourir, la pauvre chérie. Si on est là, c'est parce que maman nous a données en mariage.

– Ah ça, sûrement pas. »

Je toise ma sœur. Elle se croit maligne. Elle va voir laquelle de nous deux est la plus futée.

« Tu es vierge toi ?

– Mais oui, bien sûr !

– Eh bien pas moi. Je me suis fait déflorer en France. Maman le sait. Alors pour le mariage, tu repasseras. Personne ici ne voudra de moi. »

Je prononce les mots d'une voix ferme, assurée. Mais pendant que je parle, un doute s'insinue dans mon esprit. Car le déjeuner chez Marzia me revient en mémoire. Est-ce que, par hasard, ma mère m'aurait vendue à Rase-Mottes ? Si tel est le cas, tout s'explique. Son obséquiosité. Ses questions en rafale. L'étalage de sa personnalité. Et aussi les « prédictions » de Marzia, sur la terrasse. « Tu vas bientôt te marier, et un enfant te naîtra, neuf mois après ton union »... Puis, aussi vite qu'il m'est venu à l'esprit, le doute s'envole. Allons. C'est impossible. Je ne suis plus vierge. Ici, en Algérie, personne ne voudra de moi. C'est la loi – et pour une fois, je trouve qu'elle a du bon...

« Malika ? »
Amar fait irruption dans ma chambre.
« Oui ?
– Je peux te demander quelque chose ?
– Quoi ?
– Tu es vierge ? »
Durant quelques secondes, le toupet de mon frère me laisse sans voix. De quoi se mêle-t-il, celui-là ? Pour quelle raison se permet-il de me poser une question aussi indiscrète ? Mon visage doit refléter mes pensées. Car Amar se redresse. Puis il me lance, lèvres serrées, bouche mauvaise :
« Papa est mort. Je le remplace. Alors tu dois me répondre. Tu es vierge, oui ou non ? »
Une pause. Sur le lit, la petite Fatiha, qui a compris que quelque chose d'inhabituel était en train de se passer, se met à gémir. Moi, je fixe Amar. Il veut savoir si je suis « pure », comme on dit parfois ? Eh bien je vais lui répondre.
« Non, je ne suis plus vierge, puisque tu tiens tant à le savoir. J'ai couché avec un Français. Et à la première occasion, je recommencerai ! »
La gifle claque immédiatement. Une gifle administrée du plat de la main, avec une violence extrême. Amar porte une lourde chevalière à l'annulaire. La bague frappe ma peau, s'y incruste, creuse un sillon sanglant sur ma joue. J'ouvre la bouche pour crier, mais je n'en ai pas le temps. D'un coup de pied dans l'estomac, mon frère me coupe la respiration.

Ensuite, il me saisit aux épaules, m'envoie contre le mur, y cogne ma tête, une fois, deux fois, trois fois, bourre mon ventre de coups, revient à la figure, frappe au nez, aux pommettes, ferme mes yeux à coups de poing, me jette enfin au sol, où je me recroqueville sur moi-même pour tenter d'éviter les coups furieux qu'il continue de me porter...

Décembre, toujours. En France, on prépare Noël. Quand j'étais petite, à l'hôpital ou dans les maisons de convalescence, c'était pour moi le plus beau moment de l'année. J'aimais confectionner des guirlandes de papier multicolores, ou bien dessiner de grandes fresques que les religieuses ou les infirmières fixaient ensuite aux murs. Parfois, quand j'étais valide, je décorais le sapin à l'aide de belles boules. Les messes auxquelles j'assistais me transportaient de bonheur – et les cantiques qui y étaient chantés n'avaient jamais été aussi mélodieux. Mais ce temps-là, le temps de l'Avent, est bien révolu. Ici, en Algérie, on ne fête pas la naissance du Christ, mais mon prochain mariage – et c'est bien Rase-Mottes qui est mon « promis ». Quant à ma virginité perdue, ma mère s'en fiche.

« La nuit de tes noces, m'a-t-elle dit, tu mettras quelques bouts de verre dans ton vagin pour te faire saigner. Ali n'y verra que du feu. »

Du verre dans mon vagin. Vraiment, Fatima ne recule devant rien pour arriver à ses fins. Mais moi aussi je vais lui montrer jusqu'où je peux aller. Si elle persiste dans ses intentions, le jour même de mes fiançailles, je prendrai une lame de rasoir bien effilée, le coupe-choux d'Amar, par exemple. Et je me trancherai la gorge...

« Écoute, me dit ma mère, ce n'est pas la peine de faire toute une histoire. Si Ali ne te convient pas, je peux te trouver quelqu'un d'autre. Le fils de la gardienne de l'école, par exemple. C'est un homme bien, un intellectuel. Il fait des études de médecine. Il a beaucoup voyagé. Il est même allé en URSS ! Est-ce que celui-là t'ira ? »

Non, ma mère. Cet homme-là ne m'ira pas. Je ne veux pas être mariée comme du bétail. Ce que je veux, c'est ma liberté. Plus tard, si j'en ai envie, si je suis amoureuse, je choisirai moi-même celui avec qui je partagerai ma vie. Pour le moment, je me dresse contre toi et je te résiste, de toutes mes forces. Entre nous deux, en cette toute fin décembre, sur cette terre d'Algérie, c'est la guerre. Une guerre sournoise, larvée, une guerre de tranchées. L'une de nous doit gagner. Ce sera moi. Sinon, ma mère, je tiendrai parole. Et je te le jure, je mourrai.

« D'accord, Malika. Tu vas rentrer en France. »

Février. Un miracle vient de se produire. Ce matin, au petit déjeuner, au moment où je m'y attends le moins, ma mère capitule. Le nez dans son bol de café au lait, elle m'annonce, tout de go, qu'elle renonce à me marier. A-t-elle pris mes menaces au sérieux ? Ou bien Rase-Mottes s'est-il finalement dédit ? Quoi qu'il en soit, j'ai gagné. Je vais, enfin, pouvoir quitter l'Algérie. Reste un problème, et de taille. Amar, cet imbécile, a brûlé mon passeport pour mieux me tenir prisonnière. Je n'ai plus aucun papier me permettant de passer la frontière.

« Ce n'est pas grave, dit ma mère. Tu as l'air d'un garçon, avec ta poitrine toute plate. On va te couper les cheveux très court, et tu rentreras avec les papiers de Bibi... »

Mars. Djamila, ma mère et moi repartons pour Paris aujourd'hui. Je fais mes adieux à mon frère et à ma belle-sœur. Puis, surtout, je prends congé de la petite Fatiha. Lorsque je serai partie, l'enfant va sans doute retourner à sa solitude, à sa crasse, à sa malnutrition. L'abandonner me brise le cœur. Mais je sais bien que je ne peux pas faire autrement. Il y va de ma vie à moi – cette vie qui m'attend, de l'autre côté de la Méditerranée. Lentement, avec précaution, je prends la fillette contre moi. Comme elle a pris l'habitude de le faire, elle niche sa tête contre mon cou. C'est la dernière fois que je la sens ainsi lovée. La dernière fois que je l'embrasse, que je la caresse. La dernière fois que je lui murmure à l'oreille qu'il faut qu'elle grandisse, qu'elle devienne comme les autres, que la vie l'attend, elle aussi, quelque part...

« Au revoir, chérie. »

Voilà. C'est fini. Il faut partir. Je m'arrache à l'étreinte de la petite. Je la dépose sur son lit. Je caresse encore une fois son front, je rajuste ses boucles brunes, je m'assure que sa couche est propre. Puis je m'éloigne, je tire la porte derrière moi. Ça y est. Je suis partie.

Quinze heures. Je retrouve l'aéroport d'Alger, si délicieusement climatisé. Un chapeau sur la tête, vêtue d'un pantalon et d'une chemise d'homme, je tremble comme une feuille. Est-ce que les douaniers vont me laisser passer ? Ou bien vont-ils découvrir le subterfuge et m'empêcher de monter dans l'avion déjà posé sur la piste ? Il va falloir que j'attende avant de le savoir. Une longue file de voyageurs patiente en effet devant les comptoirs, et là-bas, les officiers de douane font durer le plaisir. Ils examinent chaque passeport avec le plus grand soin, comparent la photo qui y figure avec le visage de son propriétaire, recommencent une fois, deux fois, trois fois... Mon Dieu ! Jamais je ne passerai.

Bien sûr, je ressemble à Bibi – mêmes yeux noirs, même bouche aux lèvres charnues. Mais nous n'avons pas le même nez, les mêmes oreilles, le même front. Le sien est haut, le mien plutôt bas. Mon visage est rond, le sien plutôt ovale. L'implantation des cheveux, elle aussi, diffère...

« Avance, Malika. »

Ma mère, toujours impatiente, me pousse du coude. Je lui obéis. Mais plus je me rapproche des policiers de l'air et des frontières, plus j'ai peur. Qu'est-ce qui va se passer, s'ils découvrent notre subterfuge ? Est-ce qu'ils vont m'arrêter ? Un pas après l'autre, aux côtés de ma mère, je marche vers eux. Il n'y a plus que trois personnes devant nous. Deux. Une. Voilà. Ça y est. C'est à nous. Fatima prend mon passeport, le pose sur le comptoir, à côté du sien. De sa silhouette massive, elle me masque à moitié. Et – miracle, le deuxième en quelques jours – l'officier me jette à peine un regard. Nous sommes passées. Nous pouvons embarquer.

Dix-huit heures. L'avion aurait déjà dû décoller depuis plus d'une heure. Voilà beau temps, en effet, que tous les passagers sont installés. Les hôtesses sont passées pour nous demander d'attacher nos ceintures. Mais ensuite, plus rien. L'appareil reste immobile sur la piste. Je sens une sueur froide perler à mon front. Il y a un problème, c'est sûr. Et ce problème, ce ne peut être que moi. Les policiers de l'air et des frontières ont dû, pour une raison ou pour une autre, comprendre que je les ai dupés. Ils ont donné l'ordre au pilote de ne pas décoller. Dans quelques minutes maintenant, ils vont monter à bord et me confondre...

Un bruit de moteur. L'avion s'ébranle, roule sur la piste. Je pousse un soupir de soulagement. Notre retard n'était pas dû à moi – je me suis « fait un film ». Quelques minutes de plus et l'appareil, à pleine puissance, prend son envol.

C'est fini. J'ai quitté l'Algérie. Six heures plus tard, nous nous posons sans encombre à Orly.

La France. Elle est là, elle m'accueille, dans ce hall impersonnel, et dans lequel je voudrais pourtant danser. Et ma joie de fouler le sol de mon pays est telle que j'en oublie d'avoir peur, quand je présente mon passeport, ou plutôt celui de Bibi, au douanier. Il n'y accorde qu'une attention de pure forme et me le rend avec un petit sourire. Je suis chez moi. Il me reste, encore, à me débarrasser de ma mère.

C'est tout à l'heure, dans l'avion, que j'ai pris ma décision. Cette fois, c'est terminé, je ne rentrerai plus à Colombes. J'ai eu trop peur, j'ai eu trop mal – je crains un piège. Je vais disparaître pour de bon, et ma mère ne pourra rien faire pour me récupérer, puisque je viens de fêter mes dix-huit ans. Reste à lui échapper. Et pour ça, j'ai ma petite idée.

« Maman ? »

J'interpelle Fatima, qui se dirige déjà vers la station de taxis. Et je lui lance :

« On est vraiment chargées. On ne rentrera jamais dans le taxi à trois avec les bagages. Si tu veux, je peux prendre le bus... »

Un instant, ma mère pèse le pour et le contre. Visiblement, cela l'ennuie de me laisser. Mais d'un autre côté, nous avons tant de valises, de sacs, posés pêle-mêle sur un chariot...

« D'accord », finit-elle par me dire.

La voilà qui fouille dans ses poches, me tend une pièce.

« Voilà pour les tickets. On se retrouve à la maison. Ne traîne pas ! »

Je secoue négativement la tête, et je prends un air plein de bonne volonté.

« Je rentre direct, promis... »

Un silence. Ma mère me regarde à nouveau, et je me demande, à l'expression de ses yeux, mi-inquiets, mi-curieux, si elle a compris ce que je mijote. Mais non. Fatima est maligne, mais elle n'est pas extralucide. La voilà qui se détourne. Quelques secondes de plus, et elle s'en va en compagnie de ma sœur, qui pousse le chariot. Je les regarde partir. Puis je tourne les talons et je sors de l'aérogare. Devant moi, il y a une grande pelouse à l'herbe très verte. Ivre de joie, j'enlève mes chaussures et je m'y engage pieds nus. Le gazon est doux, il est tiède, il me fait un tapis sur lequel je marche avec allégresse. Puis, surtout, son odeur monte à mes narines. Un parfum frais, qui m'enivre à tel point que ma tête tourne légèrement. Un vertige de joie, que je prolonge en fermant les yeux, et en restant là, pieds bien campés sur le sol, tête levée vers le ciel, lèvres entrouvertes pour mieux humer les fragrances de ce printemps qui commence.

Libre. Je suis libre. Je suis en France.

En route pour la vraie vie.

11

Amoureuse. Pour la première fois de ma vie, je suis amoureuse... Il s'appelle Patrick, et il a tout juste dix-neuf ans. Comme moi en cette année 1975, il gagne sa vie en vendant des tableaux à Montmartre. Tous les matins, nous passons chez notre patron prendre les toiles représentant des poulbots. Ensuite, nous faisons la tournée des cafés, puis des restaurants, ou bien nous abordons les touristes dans la rue. Moi autrefois si timide, je suis devenue une excellente commerciale, comme on dit. J'ai le chic pour « accrocher » le client, lui vanter la marchandise, et je vends mes toiles en moins de temps qu'il n'en faut pour le dire. À midi, Patrick et moi nous retrouvons pour déjeuner sur le pouce d'un sandwich et d'un verre d'eau. Le soir, après avoir rendu la recette et touché notre pourcentage, nous regagnons la petite chambre de bonne que je loue sous les toits. Là, nous nous livrons aux jeux de l'amour – des jeux que je découvre avec une sorte d'émerveillement. Il m'a fallu du temps, avant de laisser mon compagnon prendre possession de mon corps. À force de gentillesse et de patience, il a fini par me convaincre que mes cicatrices n'étaient pas si laides. Je le laisse donc me toucher, me caresser – m'aimer, en un mot. Et dans ses bras, j'oublie tous les problèmes que pose notre relation.

Car une fois de plus, rien n'est simple. Patrick, enfant unique de grands bourgeois, est un « gosse de riches », couvé à l'extrême par des parents soucieux de le voir « arriver ». Quand il me les a présentés, dans leur belle maison d'Enghien, j'ai immédiatement compris que pour eux, je serais toujours « l'Arabe de service » et qu'ils feraient des pieds et des mains pour que leur fils rompe avec moi. De mon côté, les choses ne sont pas mieux engagées. Ma mère, furieuse de m'avoir laissée m'échapper, m'a longtemps battu froid. Quand elle a appris que je sortais avec un « Français », elle a, comme on dit, eu envie de me tuer – et je n'emploie pas l'expression au figuré. Bref. Patrick et moi, le Français et l'Algérienne, nous sommes un peu Roméo et Juliette – mais nous goûtons assez peu le romantisme de la situation.

Août. Plantant là Montmartre et ses poulbots, Patrick et moi descendons dans le Sud pour quelques jours de vacances. Notre destination ? Sète et sa région, dont des amis nous ont vanté les mérites. Arrivée sur place, je manque m'évanouir. Est-ce la chaleur ? Ou la fatigue d'un long voyage, effectué à califourchon sur le scooter de Patrick ? Quoi qu'il en soit, je ne me sens vraiment pas bien.

« Dis-moi, hasarde mon compagnon, tu ne serais pas enceinte, par hasard ? »

Enceinte, moi ? Je hausse les épaules. Je viens d'avoir mes règles, au cas où Patrick ne l'aurait pas remarqué...

Une nuit étoilée, douce comme seules peuvent l'être les nuits du Sud. Il est tard, déjà, mais l'air est encore tiède. Allongée sous la tente que Patrick et moi avons louée dans un petit camping de Fréjus, je n'arrive pas à trouver le sommeil. Tout à l'heure, pourtant, j'étais épuisée. J'ai refusé de me rendre à la soirée organisée sur la plage pour rentrer me coucher, et maintenant je le regrette. Allons ! J'ai vingt ans. Ce n'est pas l'âge auquel on s'endort comme les poules. Je vais me relever, me faire belle. Ensuite, j'irai retrouver mon amoureux.

Mais si je croyais faire une surprise à Patrick, c'est moi qui, en le retrouvant, reste bouche bée. Car là, sur la plage, il enlace une très jolie fille. Je les regarde un moment, et je sens monter en moi des envies de meurtre. Je me suis bien fait avoir, une fois de plus. Je le revois en train de m'embrasser, de me caresser. Aujourd'hui, il a les mêmes gestes pour une autre.

« Patrick ? »

J'ai crié. Au son de ma voix, il se tourne vers moi.

« Malika ? »

Oui. Je suis Malika. La reine, en arabe – la reine des cruches, surtout. Une métèque, à laquelle aucun Français ne saurait rester fidèle. Car évidemment, Patrick me trompe avec une blonde aux yeux bleus...

Octobre. J'ai repris la vente des tableaux. Mais plus le temps passe, moins je fais de chiffre d'affaires. Pas par paresse, mais parce que du matin au soir, je lutte contre les nausées. Je dois être malade, c'est sûr. Je vomis tout ce que j'avale. J'ai perdu près de cinq kilos. Et si j'ai toujours mes règles, elles se réduisent à de très brefs saignements.

« Malika, je ne voudrais pas t'affoler, me dit ma sœur Djamila, à qui je me confie par téléphone. Mais est-ce que tu ne serais pas enceinte ? »

Enceinte, moi ? Mais non. C'est impossible. Depuis que j'ai surpris Patrick dans les bras de Martine – c'est le prénom de la jolie blonde, qu'il fréquente toujours – je n'ai plus de relations sexuelles avec lui. D'ailleurs, c'est tout juste si je lui adresse la parole.

« Fais quand même un test de grossesse, insiste ma sœur aînée. On ne sait jamais. »

Je trouve l'idée idiote. Mais le médecin que je vais voir a la même. Pour finir, me voilà dans un laboratoire, pour une prise de sang. Quarante-huit heures plus tard, je vais chercher les résultats. Et je manque m'étouffer. Car le test est positif.

Un train, qui roule vers Calais. Un ferry, sur lequel j'embarque à destination de l'Angleterre. Le planning familial a organisé pour moi ce voyage, qui a pour but ultime un avortement. Je n'ai pas envie d'interrompre ma grossesse – une grossesse miraculeuse, puisque les médecins m'ont toujours dit qu'en raison de mon accident, je ne pourrais pas avoir d'enfant. Mais comment faire autrement ? Je n'ai pas d'argent, pas de travail – et mon bébé n'a pas de père.

Voilà à quoi je pense, dans ce bateau qui m'emmène en Angleterre. Pour éviter l'air trop froid qui souffle en rafale sur le pont, je me suis réfugiée au bar. Autour de moi, on rit, on parle, on s'agite beaucoup. Un groupe de collégiens s'esclaffe. Deux vieux messieurs sirotent une bière. Une jeune femme joue avec un garçonnet âgé d'environ un an. Il est tout rond, tout blond, ses yeux sont bleus. Peut-être que mon fils – ou ma fille – lui ressemblerait, si je le laissais naître ? Ou bien peut-être qu'il aurait mes yeux à moi, de grands yeux noirs, aux cils si longs que je n'ai jamais eu besoin d'y poser du mascara ? Un instant, j'imagine mon bébé – notre bébé, à Patrick et à moi. Je pose même ma main sur mon ventre, comme pour le protéger. Et je m'endors, bercée par la houle du bateau, en songeant déjà à toutes les berceuses que je lui chanterai.

Un dédoublement de la personnalité. Voilà, une fois de plus, ce que je vis en arrivant en Angleterre. Une partie de moi exécute scrupuleusement les consignes qui m'ont été données par les agents du planning familial. Je descends du ferry, je gagne la gare, je monte dans un train à destination de Londres. Arrivée là-bas, je hèle un taxi, qui m'emmène à l'hôtel. Le soir, je dîne très légèrement, à cause de l'anesthésie du lendemain. Mais alors même que je fais tous les gestes qui doivent me conduire à avorter, mon esprit ne cesse d'imaginer l'enfant qui est en moi. Une fille ? Un garçon ? Grand ou petit ? Blond ou brun ? Yeux verts, yeux noirs ? Mains de pianiste, voix de choriste ? Sophie ou Nicolas ? Puis d'abord, où en est-il, de sa croissance ? Au stade du haricot, ou bien a-t-il déjà des pieds, des mains ? Son cerveau est-il développé ? Entend-il ce qui se passe autour de lui ? Sait-il que moi, sa mère, je m'apprête à le tuer ?

Sept heures du matin. Comme convenu, j'arrive à la clinique. Dans la salle d'attente, trois autres femmes patientent. J'attrape un magazine, je le feuillette machinalement. De toute façon, je ne peux que regarder les images, puisque je ne parle pas anglais. Il faudrait que j'apprenne. Et il faudrait aussi que je reprenne mes études de comptabilité, je ne vais pas passer le reste de ma vie à vendre des toiles à Montmartre. Mais au fait, est-ce que j'ai vraiment envie d'être comptable ? Ce n'est pas si sûr. Ce que je voudrais, en fait, c'est faire quelque chose qui me plaise vraiment, qui me fasse vibrer. Et aussi qui me permette d'aider les autres...

« Madame Bellaribi ? »

Prononcé à l'anglaise, mon nom prend des consonances ridicules. J'ai même du mal à le reconnaître. Mais pourtant, c'est bien le mien. Et c'est mon tour. Je me lève, je suis l'infirmière. Me voilà dans le cabinet du médecin. Avant l'intervention, il veut m'examiner...

« *Lay down on the table, please.* »

L'homme est plutôt petit, trapu, un rien bougon. Il parle un anglais rapide, qu'il accompagne de gestes pour mieux se faire comprendre. Je lui obéis. Je me déshabille, la jupe, le collant, la petite culotte, je garde le haut, je vais m'étendre. Il s'approche, fait la grimace quand il découvre les cicatrices sillonnant mes jambes.

« *What happened to you ?* »

Ce qui m'est arrivé ? Même si je le voulais, je serais bien incapable de le raconter en anglais. Je me contente de bredouiller que j'ai eu un accident – et je passe sous silence mon bassin fracturé, les dizaines d'interventions chirurgicales, les maisons de convalescence, les kinés... De son côté, le médecin n'insiste pas. Il palpe longuement mon ventre à peine renflé, puis me regarde, stupéfait.

« *You'r six months pregnant* », me dit-il.

Je ne comprends pas. *Pregnant*, c'est « enceinte ». Mais *six months*... Six mois ? Ce type-là doit être fou.

« *Go back to France. I can't abort you. It's too late...* »

Une chambre aux murs blancs. Un lit de fer. Je suis à l'hôpital, une fois encore. Mais cette fois, en maternité. Tous les médecins qui m'ont examinée ont confirmé le diagnostic de l'obstétricien anglais. Ma grossesse ne date pas de trois mois, comme je le croyais, mais de six. Et mon col de l'utérus est en train de s'ouvrir.

« Il faut que vous restiez sous perfusion, si vous voulez garder ce bébé, m'a-t-on dit. Sinon, vous allez faire une fausse couche. »

Une fausse couche ? Normalement, cela devrait m'arranger. Après tout, je voulais me faire avorter. Mais à présent, je ne suis plus si sûre de ce que je souhaite. Cet enfant qui vit en moi, c'est déjà un vrai bébé. Il a un nez, une bouche, des yeux, des oreilles. Il entend. Il comprend. Garçon ou fille, il bouge, suce son pouce – et moi, je commence à l'aimer.

Janvier 1976. Je suis enceinte de huit mois et demi. Mon ventre, comme par miracle, a pris les rondeurs caractéristiques d'une grossesse. Pourtant, je continue à travailler – je vends toujours ces toiles, grâce auxquelles je peux manger. Mon patron, un brave homme, m'a trouvé une nourrice. Pour un prix modique, elle gardera mon bébé le temps que je puisse me retourner. Quant à Patrick, à qui j'ai appris la nouvelle, il s'est montré plutôt heureux.

« Il portera mon nom », a-t-il dit.

Mon enfant, porter le nom de ce garçon qui m'a trompée ? Je ne suis pas vraiment d'accord. Depuis que je l'ai vu enlacer Martine, je n'ai plus confiance en lui. Et quand il me serre contre lui, quand il m'embrasse, je m'écarte, incapable de supporter le contact de sa peau. Patrick met mon mal-être sur le compte de la grossesse, et tire des plans sur la comète. « Si c'est une fille, me dit-il, nous l'appellerons Isabelle, parce que c'est un prénom bien français. » Il oublie que je suis algérienne, je m'abstiens de le lui rappeler, mais je n'en pense pas moins. « Si c'est un garçon, ce sera Sébastien. » Sébastien ? « Oui. Comme dans le feuilleton *Belle et Sébastien*. » Je souris, car je me rappelle que le jeune acteur qui joue ce rôle s'appelle Mehdi...

« Est-ce que vous allez garder cet enfant ? »

C'est ma dernière visite à l'hôpital, avant mon accouchement. La sage-femme vient de m'ausculter. Tout va bien – tout, sauf moi. Arrivée au terme de ma grossesse, je m'angoisse. Comment est-ce que je vais faire pour élever ce bébé ? Patrick, depuis quelques jours, s'est mis en retrait. Il m'évite, pour ne pas dire qu'il me fuit. Quelque chose me dit qu'il tournera les talons dès que l'enfant sera né. Dans ces conditions, est-ce que je ne ferais pas mieux d'accoucher sous X ? Fille ou garçon, le bébé pourra ensuite être adopté et grandir dans de bonnes conditions. Les yeux fermés, une main sur mon ventre, j'imagine le petit garçon – la petite fille – confié à une belle femme blonde, aux yeux très clairs. Elle le serre contre elle, avant de le poser dans un couffin flambant neuf et de l'emmener chez elle. Un beau manoir aux pièces immenses où, dans le salon, trône un grand piano à queue. Ici, Isabelle ou Sébastien a sa chambre, déjà pleine de jouets, et un placard rempli de vêtements. Dehors, dans le parc, il y a un petit portique avec une balançoire et des agrès. Un peu plus tard, il aura un poney. École privée, vacances de rêve, tout lui sera dû. Il, ou elle, grandira heureux, aimé, choyé, comme je ne l'ai jamais été...

16 janvier. Quinze jours avant la date prévue, je sens mon ventre se tendre. Une fausse alerte ? Non. Les contractions se font plus longues, plus douloureuses, moins espacées. C'est Patrick qui m'amène à la maternité, très ému. Il

m'abandonne pourtant en salle de travail. Il ne veut pas voir. Cela tombe bien. Je ne veux pas qu'il me voie. L'enfant naîtra sans lui, je promets de le faire prévenir dès qu'il aura pointé le bout de son nez. Et je m'engage, plus avant, dans le long combat d'une souffrance solitaire – mais la souffrance est une vieille compagne, tout comme les tables de fer et les spots lumineux.

Une poussée, ultime. La sage-femme qui s'occupe de moi m'encourage. « Allons. C'est bien. Le voilà. Sa tête est là. » Moi, je m'en fiche un peu, tout ce qui compte, c'est que je suis, enfin, arrivée au bout de l'épreuve. Sept heures que cela dure, dix mille contractions, autant de cris étouffés, la peur d'une anesthésie – « Si vous ne faites pas un effort, je vous césarise », a dit l'obstétricien passé me voir quelques instants avant de retourner à des occupations plus importantes –, puis cet instant miraculeux, au cours duquel je sens, enfin, l'enfant glisser hors de moi. Le voilà, oui, et la sage-femme me dit : « C'est une fille. »

Douce. Dodue. La tête ronde, le crâne déjà couvert de cheveux raides et blonds, une bouche charnue, des yeux clairs, de longs cils. Voilà ma fille – l'enfant que la sage-femme vient de poser sur mon ventre. D'instinct, je la serre contre moi. D'instinct, elle cherche mon sein. Et moi, je referme mes bras sur elle. Comment est-ce que j'ai pu, ne serait-ce qu'un instant, songer à l'abandonner ? Cette enfant-là est à moi, rien qu'à moi. Et si, pour le moment, elle n'a ni chambre, ni jouets, ni parc, ni portique, ni poney, eh bien, je le jure, tout cela changera. Pour elle, je vais travailler d'arrache-pied, me remettre à mes études, gravir les échelons, réussir – devenir riche, qui sait ? Elle ira dans les meilleures écoles, elle partira en vacances à la mer, et surtout, elle aura autour d'elle tout l'amour que l'on ne m'a jamais donné.

Reste à la prénommer. Je n'hésite pas : cette enfant-là, mon enfant, s'appellera Nacera, ce qui en arabe veut dire : « la glorieuse ».

« Nacera ? Et pourquoi pas Isabelle ? »

17 janvier. Patrick vient d'entrer dans ma chambre. Il se penche sur le berceau où dort sa fille, la contemple, s'extasie, me dit qu'elle est belle. Puis, immédiatement après, il regimbe sur le prénom que je lui ai donné.

« Isabelle, dit-il, c'est français. Ça sera plus facile pour elle. »

Il a raison, je le sais. Pourtant, en moi, quelque chose proteste. La France est mon pays, mais pour ce que j'en sache, elle n'apprécie guère les gens comme moi – ceux qui ont la malchance de naître avec une peau trop mate, des cheveux et des yeux trop noirs. Quoi que je fasse, moi, la mère de ce bébé, je suis algérienne. Alors pourquoi tricher et affubler ma fille d'un prénom français ?

Alors, Isabelle ou Nacera ? Longtemps, au chevet de notre fille, Patrick et moi nous bataillons. Puis, pour finir, je cède, à contrecœur. Mais il est un point sur lequel je reste ferme.

« D'accord pour Isabelle. Mais Nacera sera son deuxième prénom. Et elle portera mon nom de famille. Bellaribi... »

Février. Je sors seule de la clinique. Patrick, depuis sa visite, n'a plus montré le bout de son nez. Va-t-il me laisser tomber, comme je l'ai pressenti ? Pour le moment, je refuse de me poser la question. Je suis fatiguée, pour ne pas dire épuisée, par les nuits passées à m'occuper d'Isabelle. Mon seul rêve, c'est de dormir plus de deux heures d'affilée. Et j'ai accepté l'invitation inattendue de ma mère, qui m'a proposé de venir me reposer quelques jours chez elle... Debout devant l'arrêt de bus, Isabelle bien au chaud dans son couffin, je ne peux m'empêcher d'imaginer nos retrouvailles. Je la vois se pencher, tirer la couverture qui protège le bébé, le regarder, je lis la fierté dans ses yeux – je l'entends qui dit qu'elle ressemble à mon père, dont elle a, c'est incontestable, la forme de visage et le nez... Mais bien sûr, je me leurre. Car si ma mère se penche effectivement sur le couffin, si elle tire la couverture pour voir le visage de ma fille, elle fronce immédiatement les sourcils et fait la moue que je ne connais que trop bien – cette moue qui annonce sa mauvaise humeur.

« Elle est moche, me dit-elle. Elle ressemble à une Française... »

Puis elle ajoute, avec un mouvement méprisant de la main :

« Va-t'en. Je ne veux plus vous voir. Ni toi ni elle. »

Chassée par ma mère. Abandonnée par Patrick. Méprisée par mon frère Dodi, à qui je quémande un peu d'aide. Voilà où j'en suis, moi, « la reine », dix jours après mon accouchement. Pourtant, loin de m'effondrer, je suis saisie d'une véritable fièvre de revanche. Ma mère ne veut plus de moi ? Tant pis. Patrick s'est enfui ? Tant mieux. Tout ce qui compte, tout ce qui m'intéresse, c'est ma fille. Pour elle, je vais m'en sortir. Et pour commencer, je vais trouver du travail – un vrai travail, pas la vente de tableaux...

C'est sans doute à ce moment de mon existence que s'est situé le tournant – l'embranchement qui m'a conduite là où je suis maintenant. Pour Isabelle, je laisse définitivement derrière moi mes peurs, mes doutes, mes incertitudes, et ce sentiment de fatalité qui jusque-là pesait sur mes épaules. En moi, il n'y a plus que la rage, et l'envie de vaincre. Devant moi s'ouvre un nouveau chemin. Et même s'il n'est fait que de contraintes – un travail harassant dans une blanchisserie, puis une usine où je fais les trois-huit, des cours de comptabilité, le soir, un hébergement dans un foyer de jeunes travailleurs – je sais qu'un jour, ce chemin-là débouchera sur une autre vie. En attendant, je travaille, j'apprends, et je donne tout mon temps libre à ma petite fille.

Elle est moi, je suis elle. Nous nous complétons, nous comprenons d'un geste, d'un sourire. Elle me donne l'amour que je n'ai jamais reçu. Je le lui rends au centuple. Le reste, pour le moment, m'indiffère...

12

« Aide-toi, le ciel t'aidera. » Voilà ce que me répétaient les religieuses des maisons de convalescence quand je désespérais de pouvoir un jour marcher normalement. Elles avaient raison. Car tout a changé, pour moi, depuis que je me suis « prise en main », comme le dit Jacky, l'homme qui partage désormais ma vie et celle de ma petite fille. Pour commencer, j'ai travaillé dur, plus dur que je ne l'aurais jamais cru possible. Après mes heures de chaîne, à l'usine, j'ai étudié la comptabilité par correspondance. Jour après jour, j'ai apprivoisé les chiffres jusqu'à savoir en jouer comme une virtuose.

J'ai passé avec succès un CAP, un BEP, puis un brevet professionnel. Je suis désormais la reine des bilans, l'impératrice des expertises. La preuve ? Début 1980, j'ai trouvé du travail dans plusieurs cabinets comptables – même si je n'y ai pas toujours été très heureuse. Car j'ai beau avoir progressé, je m'appelle toujours Malika, ma peau est toujours mate, mes yeux sont toujours noirs, mes cheveux trop bouclés – bref, je fais « métèque » en diable. L'une de mes collègues s'est étonnée de me voir embauchée. L'un de mes patrons m'a réservé un bureau « à part » pour éviter que je n'effraie les clients. Un autre m'a demandé de changer mon prénom. « Si vous vous appeliez Marion ? C'est joli, Marion ? » À chaque nouvelle remarque, à chaque nouvelle brimade, je me suis fâchée, j'ai pleuré ou je me suis mise en colère. Mais jamais je n'ai cédé, jamais je n'ai plié. Bien au contraire. Chaque revers, chaque insulte déguisée m'a dopée. Pour ne pas « mourir idiote » – c'est toujours Jacky qui le dit –, je me suis plongée dans les livres. À moi Gide, Giono, Victor Hugo et ses *Misérables*, mais aussi Montherlant et Rimbaud. À moi, aussi, le *Petit Robert* – plus jamais personne ne m'expliquera le sens du mot « parpaing », comme l'a fait, un rien condescendant, l'un de mes chefs de service...

Et puis bien sûr, il y a la vie, la vraie vie, celle que je consacre aux miens. Isabelle d'abord, ma poupée, mon amour, qui m'étonne tous les jours, du haut de ses cinq ans. Et Jacky, rencontré dans le foyer de jeunes travailleurs où j'ai logé quelques mois. Un grand garçon calme, qui s'est épris de moi. Dire que je l'aime serait mentir. Mais ce qui est sûr, c'est que je lui ai donné ma confiance, et c'est peut-être le plus important. Pour Isabelle, il est comme un père. Pour moi, il est un vrai compagnon, solide, rassurant – l'arbre contre lequel je m'appuie, pour parvenir à tenir debout. Nous vivons ensemble, dans un petit trois-pièces de Cachan. Nous avons même un chat, un gouttière blanc et gris qui dort avec moi. Et en septembre, nous allons nous marier – une union qui me permettra de changer de nationalité, et de devenir française...

Je sais. Jamais je ne serai comme vous, heureux habitants de ce pays. J'ai beau être née sur votre sol, avoir grandi parmi vous, avoir les mêmes références, les mêmes valeurs, toujours je serai une étrangère. Et Dieu sait que vous me le faites sentir ! À chaque moment de ma vie, ce sont des regards sarcastiques ou méchants, des mots blessants ou ironiques, des allusions à peine voilées. Et pouvoir vivre et travailler normalement est parfois pour moi, l'Algérienne, une course d'obstacles. Voilà pourquoi, comme tant de mes congénères, je rêve de cette nationalité française qui me permettra, enfin, de vous clouer le bec. Moi, l'Arabe, obligée de renouveler mes papiers tous les dix ans, mais qui parle parfaitement votre langue, je pourrai ainsi obtenir justice. Car si dans votre Constitution, tous les hommes sont libres et égaux en droit, dans la réalité, le délit de faciès est très souvent vite constitué... Être française. Pour moi, en cette année 1978, c'est devenu une sorte d'obsession. Et que vous en soyez choqué ou non, c'est ce qui me conduit à accepter la proposition en mariage de Jacky...

Le téléphone sonne dans notre petit appartement de Cachan. Jacky – mon mari, j'ai du mal à m'y habituer – décroche. Je l'entends qui demande à plusieurs reprises : « De la part de qui ? » puis, pour finir, il m'appelle.

« Malika, dit-il. C'est pour toi. »

J'abandonne ma fille, à qui j'étais en train de lire une histoire, et je prends le combiné. Mais quand j'entends la voix à l'autre bout du fil, mes jambes se mettent à trembler. C'est Djamila, ma sœur. Djamila avec qui je n'ai plus aucun contact depuis que ma mère m'a fichue à la porte... Comment m'a-t-elle retrouvée ? Que me veut-elle ? Ma mère est-elle malade ?

« Ce n'est pas maman, me dit Djamila. C'est Hayat. Elle a fait une tentative de suicide. Elle est à l'hôpital. »

Un hôpital, encore un – semblable à tous ceux que j'ai connus, pendant de si longues années. Des murs jaune pâle ou blancs, de longs couloirs arpentés par des médecins ou des infirmières, et cette odeur caractéristique, antiseptique et eau de Javel mêlés... Alors que je gagne le service de réanimation, où ma sœur a été admise après avoir avalé un tube de tranquillisants, tout me revient, d'un coup. Ma solitude. Ma souffrance. Mon désespoir. Ma joie, aussi, quand les bourgeons des arbres éclataient, jolies pousses d'un vert tendre, ou quand un papillon se posait sur la fenêtre... C'est toute mon enfance qui est là, entre ces quatre murs. Et je m'attends presque à voir surgir, au détour d'un couloir, Gaby, mon infirmière préférée. Est-ce qu'elle exerce toujours ? Est-ce qu'elle continue de s'asseoir, nuit après nuit, au chevet d'une autre enfant malade ? Et les religieuses qui me visitaient, sœur Emmanuelle, sœur Clotilde, sœur Angèle, où sont-elles, à présent ?

« Vous cherchez quelqu'un ? »

Une infirmière m'aborde – je dois avoir l'air perdue. Je lui explique que ma sœur est en « réa ». Elle m'indique le chemin, deux fois à droite, une fois à gauche. Quelques pas, encore, et me voilà arrivée.

Elle est là, Hayat, derrière la porte semi-vitrée. Elle est allongée sur le lit, sous une couverture de laine, exactement semblable à celles dans lesquelles je me blottissais autrefois. Mais je ne la reconnais pas dans cette gisante, au corps relié par des tuyaux à plusieurs machines. Où est passée ma grande sœur, cette battante qui nous a élevés ? Hayat était toujours en mouvement. Un chiffon ou un balai à la main, elle lavait, astiquait, nettoyait, avant de sortir faire les courses. Elle ne s'arrêtait jamais de bouger, de parler, de râler, de sourire ou même de pleurer. Elle ne peut pas être là, immobile, inconsciente. Dans quelques minutes, elle va se réveiller, soulever les paupières, arracher tout l'appareillage qui la transforme en une sorte de robot. Ensuite, elle se précipitera vers moi et me serrera dans ses bras.

Mais rien de tout cela ne se produit. Hayat est plongée dans un semi-coma – et si son pronostic vital n'est pas engagé, comme me l'explique l'interne qui s'occupe d'elle, elle n'a raté son suicide que de très peu. Pourquoi a-t-elle voulu mourir, elle qui semblait heureuse auprès de son mari et de ses deux petites filles ? Cela, personne ne le saura jamais.

Quarante-huit heures plus tard, alors qu'elle sort tout juste du coma, ma grande sœur profite de l'inattention d'une infirmière et avale de nouveau un tube de barbituriques. Et cette fois, malgré tous les efforts des médecins présents, elle ne peut être réanimée...

Nuit noire. Ma sœur est là, devant moi. Elle me regarde, les bras croisés. Ses lèvres s'entrouvrent, forment quelques mots. Qu'est-ce que tu veux me dire, Hayat ? C'est important, je le sais, je le sens. Pourtant, je ne t'entends pas.

« Malika ? »

Un sursaut. Une lumière, qui m'aveugle. Je me redresse, le cœur battant. Où est-ce que je suis ? Et avec qui ? Durant quelques secondes, je regarde autour de moi, hagarde, sans reconnaître ma propre chambre. Et je me débats pour me libérer des bras qui m'enserrent.

« Malika, réveille-toi ! Tu as fait un cauchemar ! »

Un cauchemar ? Les mots se fraient lentement un chemin jusqu'à mon esprit. Et d'un coup, j'ouvre les yeux, et je reviens à moi, soulagée. Je viens seulement de faire un mauvais rêve. Je suis chez moi, dans mon lit. Jacky me tient contre lui. Il me parle, secoue doucement mes épaules. Puis, comme j'ouvre les yeux, il me tend un verre d'eau dont j'avale une gorgée. Le liquide tiède remplit ma bouche, coule le long de ma gorge, manque m'étouffer. Je tousse, il tapote mon dos, voilà. Ça y est. Je reprends mes esprits. Je suis réveillée.

Réveillée ? Peut-être. Mais mon cauchemar, lui, n'est pas terminé. Car là, derrière Jacky, j'aperçois ma sœur Hayat. Elle est debout à côté de la porte, les bras croisés, en une attitude familière. Elle me parle. Mais aucun son ne sort de ses lèvres entrouvertes...

« Malika, tu es fatiguée, déprimée. Tu devrais aller voir un médecin. Je suis sûr qu'il te donnera quelque chose qui te remettra d'aplomb. »

Quatre heures du matin. Voilà un long moment maintenant que Jacky tente de me calmer. Quand j'ai aperçu Hayat derrière lui, tout à l'heure, je me suis caché les yeux, avant de me recroqueviller sous les draps. Puis j'ai fondu en larmes et, secouée de sanglots, j'ai crié :

« Ma sœur est là. Ma sœur est là... »

Heureusement pour moi, Jacky n'a pas paniqué. Au contraire. Il s'est montré le plus calme possible. Longtemps, il m'a bercée, raisonnée, comme on raisonne un tout petit enfant. À coups de phrases rassurantes – « Mais non, Malika, ta sœur n'est pas là. Tu continues de rêver » – il a réussi à me persuader de sortir la tête du lit, et de regarder de nouveau derrière lui. Quand je me suis rendu compte que la chambre était vide, j'ai progressivement cessé de pleurer. Mais au moment où je me suis enfin endormie, j'ai prié pour qu'à mon réveil, ma sœur ne soit pas là, à me regarder.

Un rai de lumière qui passe à travers les rideaux se pose sur mes yeux, m'oblige à ouvrir les paupières. Un sursaut – à la pendule, il est onze heures du matin. Je ne me suis pas levée pour emmener ma fille à l'école, je ne suis pas allée à mon travail. La tête lourde – je me souviens, maintenant, que tout à l'heure, Jacky a glissé entre mes lèvres un tranquillisant – , je m'assieds, puis je réussis à passer à la station « debout ». Ça tangue un peu, le sol est mouvant sous mes pieds, mais je refuse d'y prêter attention. Une minute plus tard, je sors de ma chambre. Dans la cuisine, une odeur de café frais m'accueille. Jacky a posé mon bol sur la table et il a laissé un petit mot juste à côté.

J'ai emmené Isabelle à l'école et j'ai prévenu ton patron que tu étais malade. À ce soir, J.

Dix-sept heures. Voilà déjà plus d'une demi-heure que je suis assise dans la salle d'attente de Nadia B., une psychothérapeute que m'a recommandée l'une de mes amies. J'ai feuilleté tous les magazines posés sur la table basse, j'ai contemplé de longues minutes la gravure accrochée au mur, une aquarelle représentant un champ de blé dans lequel fleurit un coquelicot très rouge. À présent, je reste là, immobile, genoux serrés, et je m'efforce du mieux que je peux de rester calme. Les dernières semaines ont été les plus éprouvantes de ma vie, peut-être. Car si au cours de mon enfance, j'ai connu la souffrance physique, jamais mon esprit ne m'a joué de tour – au contraire. Moi, la fillette immobilisée par force, je l'ai toujours exploité, dominé, utilisé pour parvenir coûte que coûte à survivre. Et je croyais avoir, au fil des ans, réussi à me construire une personnalité solide, celle d'une fille aux pieds bien ancrés dans la terre, devenue mère et employée exemplaire.

Apparences, que tout cela. Simple illusion. Avec la mort tragique d'Hayat, tout a éclaté, basculé. Voilà trois semaines maintenant que je me réveille chaque nuit en sursaut, persuadée que ma sœur est là, debout à mon chevet. Trois semaines que je la vois partout, image fugace, transparente, et néanmoins terriblement réelle. Hayat est dans ma cuisine, le matin, quand je prépare le petit déjeuner d'Isabelle. Elle m'attend à l'arrêt de bus, se faufile dans mon bureau, se plante devant moi au détour d'un rayon quand je fais les courses au supermarché. Et moi chaque fois je sursaute, je manque défaillir, je me précipite – tant l'illusion que mon aînée est vivante est forte... Mais je sais bien, tout au fond de moi, qu'Hayat est morte. Et j'ai compris, aussi, que la folie est en train de s'emparer de moi. Folle. Je suis en train de devenir folle. Et pour l'amour d'Isabelle, je dois stopper net le processus qui menace d'engloutir mon esprit. Voilà pourquoi, en ce jour d'avril, je me suis finalement décidée à entamer une psychothérapie.

Je le sais. Nombreux sont ceux qui confondent thérapeutes et gourous. Nombreux aussi ceux qui considèrent que les troubles de l'esprit ne se combattent ni ne se vainquent par la simple parole. Je voudrais dire à ces incrédules qu'ils se privent d'un outil aussi efficace que performant – si bien sûr le thérapeute qui l'utilise est un professionnel. Nadia B. fait partie de cette catégorie. À la fois vive et intelligente, délicate et attentive, elle me met immédiatement en confiance, et grâce à ses qualités d'écoute et d'analyse, elle me permet de reprendre pied très vite. Après quelques séances seulement, mes hallucinations disparaissent, et je peux commencer à faire le deuil de ma sœur aînée. Restent mon enfance, et les souffrances que j'y ai endurées, si profondément enfouies en moi que je croyais les avoir oubliées. Alors que je suis allongée sur le divan de Nadia B., elles me reviennent une à une en mémoire – et ce sont toutes mes premières années qui reviennent avec elles. Je me rappelle le soleil éclatant qui se reflétait sur les pavés, ces sandalettes blanches que l'on venait de m'acheter, ce trou noir qui m'a englouti, la main de mon père sur la mienne, le sourire de ma mère derrière la porte vitrée de ma chambre, ma sœur Hayat et mon frère Mohamed qui jouaient devant mon lit, le vert des murs du bloc opératoire, les journées passées à regarder le plafond blanc, ce feu qui grignotait mes jambes, et les larmes qui coulaient une à une sur mes joues sans que personne soit là pour les essuyer...

Automne – l'automne de ma vingt-septième année. Voilà dix-huit mois maintenant qu'Hayat est morte. Je vais mieux. Je n'ai plus d'hallucinations. Pourtant, malgré la thérapie, que je poursuis semaine après semaine, je reste fragile – désemparée. Et surtout, je ne me satisfais plus de la vie que j'ai pourtant mis tant de temps à me construire. Je travaille toujours dans un cabinet comptable pour un salaire désormais correct. Ensuite, je retrouve mon mari et ma petite fille. Entre devoirs et goûter, dîner et histoires du soir, le temps passe à toute vitesse. Le week-end, nous partons faire de longues promenades. Parfois, j'emmène Isabelle au zoo ou au Jardin d'acclimatation. Je refais avec elle le chemin jadis parcouru avec Bibi, de la fosse des ours au parc des singes, en passant par les manèges et le stand de barbe à papa. Ma fille monte dans les autos tamponneuses, elle préfère la bleue, moi, je me souviens que j'aimais la rouge – elle est toujours là, fraîchement repeinte, d'un beau vermillon éclatant. Elle rit aux éclats quand un autre enfant la tamponne, sort en courant, crie : « Maman, maman, les chevaux de bois, maintenant ! » Le soir venu, elle s'endort épuisée, les yeux pleins d'étoiles, et moi je la borde, avant de l'embrasser – comme ma mère ne l'a jamais fait. Oui, ma vie est belle. Je devrais être heureuse. Mais j'ai beau tenter

de m'en persuader, je sais que quelque chose me manque
– et en moi une sorte de vide se creuse.

« Malika, qu'est-ce que vous auriez envie de faire ? »
Décidément, Nadia B. a le chic pour appuyer là où ça fait
mal. Pourquoi me pose-t-elle, aujourd'hui, cette question
qui me taraude ? Allongée sur le divan, les yeux clos, je me
souviens, tout à coup, de la scène du film *Pierrot le Fou*
dans laquelle l'actrice Anna Karina marche sur une plage,
les pieds nus, tout en psalmodiant : « J' sais pas quoi faire »...
Je suis exactement dans le même état d'esprit qu'elle.
« Cherchez, dit Nadia. Cherchez bien. Il n'y a rien qui
vous vient à l'esprit ? »
Si. Quelque chose me vient, justement. Le souvenir d'un
jeu, rue Pascal. Quel âge pouvais-je bien avoir ? Douze ans ?
Treize ans ? Quoi qu'il en soit, je suis vêtue d'une belle robe
rouge, volée à ma mère, et j'ai rassemblé autour de moi mes
frères et sœurs, à qui je fais jouer une pièce de théâtre. Moi,
je suis la princesse. Djamila est mon prince charmant. Mohamed tient le rôle du bandit. Bibi est un page. Hayat, la fée...
Pour accompagner nos déclamations, un disque d'Oum Kalsoum – rythme oriental qui nous met tous de bonne humeur
et exacerbe notre plaisir. Hayat-la-fée brandit une baguette
magique faite d'un bout de bois et d'une étoile découpée
dans du papier doré. Djamila-le-prince-charmant râle parce
qu'elle est déguisée en homme, et qu'elle veut changer de
rôle, la princesse, ce doit être elle, pas moi. Bibi-le-page
sautille, multiplie les courbettes, baise ma main, pose un
genou à terre, comme il a vu faire à la télé, chez nos voisins.
Mohamed-le-bandit nous fait peur, en hurlant : « La bourse
ou la vie ! »...
« Je sais ce que je veux faire. »

Toujours allongée sur le divan, je rouvre les yeux et je fixe Nadia B. Je poursuis :

« Ce que je veux faire, c'est du théâtre. Mais il faudrait qu'il y ait de la musique, aussi. Et une belle histoire... »

À peine prononcée, la phrase fait monter à mes joues le rouge de la honte. Mais qu'est-ce que je raconte, moi, Malika, la petite comptable ? Qu'est-ce que j'imagine ? Que je vais, du haut de mes vingt-sept ans, devenir actrice ? Et puis actrice de quoi ? Jamais idée n'a été plus ridicule. Jamais envie n'a été aussi saugrenue.

Mais Nadia B., elle, n'est pas de cet avis.

« Du théâtre chanté avec une histoire ? Mais ça, Malika, ça existe. C'est de l'opéra. »

Un silence. Et elle ajoute :

« Si vous voulez être cantatrice, pourquoi n'essayez-vous pas ? »

Septembre, toujours. Les mots de Nadia B. trottent dans ma tête. « Si vous voulez être cantatrice, pourquoi n'essayez-vous pas ? » La plupart du temps, l'idée me semble tout simplement idiote. Comment moi, petite Algérienne ignare, est-ce que je pourrais devenir chanteuse, et, qui plus est, chanteuse d'opéra ? Une diva, c'est quelqu'un d'exceptionnellement doué, dont la voix d'or fait se pâmer les foules – quelqu'un comme Maria Callas, cette Callas que j'écoutais en cachette, rue Pascal, parce que ma mère trouvait qu'elle « criait ». Ces femmes-là sont d'un autre monde, un univers où je n'aurai jamais aucune place. Aucune place, vraiment ? Parfois, je n'en suis pas si sûre. Car je sais bien que rien n'est impossible. Je marche normalement, alors que j'aurais dû rester infirme. Je suis comptable, alors que ma mère m'a toujours affirmé que j'étais idiote. Je suis maman, alors que les médecins m'ont seriné que je ne pourrais jamais avoir d'enfant. Alors pourquoi est-ce que je ne deviendrais pas cantatrice ? Si je le veux vraiment, si je fais tout pour ça, peut-être que ça marchera ?

13

Requiem aeternam dona eis,
Domine,
Et lux perpetua luceat eis

Les premières phrases du requiem de Mozart s'élèvent dans la chapelle comble – un chant d'amour et d'espérance, qui me transporte dans un autre monde. En cette soirée d'hiver, je chante dans la chorale de la mairie du XVIIIe arrondissement, et je pourrais être seule sur scène que je ne serais pas plus heureuse. Car ma voix s'élève, et pour être mêlée aux autres, son envol me donne une sensation de toute-puissance. D'instinct, je la fais partir de mon ventre, en une inspiration profonde, et je la laisse ensuite monter le long de ma gorge, avec un frémissement de plaisir. Elle éclate ensuite sous la voûte de la petite église, s'épanouit dans l'air froid, avant de se briser contre des vitraux richement enluminés. Ma voix est vivante, elle chante la gloire de Dieu, elle se tait, quelques minutes, pour laisser place à celle de la soprano.

Te decet hymnus, Deus, in Sion
Et tibi reddetur votum in Jerusalem

Un silence. Et je reprends, avec le chœur.

Kyrie eleison
Christe eleison
Kyrie eleison

En moi, l'émotion monte, se fait si forte que deux grosses larmes perlent à mes yeux et roulent sur mes joues sans que je puisse les en empêcher. Ce *Kyrie*, combien de fois l'ai-je chanté avec les religieuses de mon enfance ? Et combien de fois, ensuite, l'ai-je murmuré, le soir, rue Pascal, pour implorer le Christ d'avoir pitié de moi ? Des centaines ? Des milliers ? Qu'importe. Ce qui compte, c'est que j'ai été exaucée. Car le Christ – ou Allah, quel que soit le nom qu'on lui donne – a entendu mes prières. Bien sûr, je ne suis pas cantatrice – pas encore. Mais je chante – et je sais que mon bonheur est là.

Le chant. La musique. Le solfège. Voilà, désormais, ce qui fait ma vie – ma vraie vie, même si je suis toujours comptable, mère de famille, et aussi l'épouse de Jacky. Depuis cette mémorable séance de thérapie, mon désir s'est affirmé jusqu'à devenir l'essence même de mon être, et j'ai entrepris, pas à pas, de le réaliser. Pour commencer, j'ai intégré une chorale. J'y ai réappris les cantiques de mon enfance. J'y ai découvert le solfège, un monde inconnu fait de signes barbares. J'y ai essayé ma voix, en gammes de plus en plus hautes, de plus en plus basses. Et aujourd'hui, pour la première fois, dans cette petite chapelle, je me produis devant un public certes tout acquis à notre cause, mais un public tout de même...

Dies irae, dies illa
Solvet saeclum in favilla

Ma voix monte, une fois de plus, vers le ciel. Alors que je prononce les mots sacrés, je me fais un serment. Que le monde soit réduit en cendres si jamais je reviens en arrière. Que la colère de Dieu s'abatte sur moi si je baisse les bras. Désormais, je sais ce que je veux, je sais ce qui brûle en moi. Et je jure que personne ne se mettra en travers de mon chemin, que personne ne me fera taire...

1985. Je viens de m'inscrire à l'école de polyphonie de Stéphane Caillat, pour y suivre des cours du soir. Mais dès ma première leçon, je reçois une véritable douche froide. D'abord parce que les six autres élèves de mon cours sont de véritables pimbêches, qui me toisent et ricanent sur mon passage. Est-ce la couleur de ma peau qui les dérange ? Ou mon prénom, une fois de plus ? Quoi qu'il en soit, le cours n'est pas commencé que j'ai déjà compris qu'entre elles et moi, les choses vont rapidement tourner au vinaigre.

« Bonjour, me dit perfidement Lydia, une jolie blonde aux yeux bleus. Tu t'intéresses à la musique ?

— Depuis quand ? ajoute Sylvie.

— Et tu as déjà suivi des cours ? poursuit Nadine.

— Avec qui ? » conclut Sonia, pendant que les deux dernières se poussent du coude en échangeant des sourires entendus.

Pour un peu, je me croirais revenue dans l'une des cours de récréation de ces écoles où j'ai tant souffert. Mais je n'ai plus douze ans, et j'ai bien l'intention de ne pas me laisser faire. Oui, je m'intéresse à la musique. Et si je n'ai jamais pris de cours de chant, j'ai bien l'intention de me rattraper, et de montrer à ces bécasses que, si elles sont plus avancées que moi, je ne vais pas tarder à les rattraper.

Hélas ! Virginia, notre professeur, fronce les sourcils quand elle m'entend chanter pour la première fois.

« Ta voix n'est pas bien posée », dit-elle.

Les autres murmurent de nouveau ; certaines d'entre elles ne peuvent retenir un petit rire ironique. Je surprends des échanges de regards amusés ou entendus.

« En clair, lance Nadine, la plus audacieuse, elle chante faux...

– Effectivement », acquiesce Virginia.

Elle se tourne vers moi et ajoute :

« Mais ça se corrige, en travaillant ! »

Travailler. Voilà ce que je fais durant les six mois suivants. Je travaille même d'arrache-pied, pendant les cours, mais aussi à la maison, où je multiplie les exercices de respiration. Et si je doute, si je m'interroge, jamais je ne le laisse voir. Pour les autres élèves du cours, je suis « la future-cantatrice-qui-chante-faux ». C'est peut-être vrai, mais je me jure que ce n'est que provisoire. Et peu à peu, au fil des jours, je fais des progrès. La différence est tout d'abord infime. Mais Virginia, qui a l'habitude, me le confirme. Ma voix s'éclaircit...

« Malika, ça ne peut plus durer. On ne se voit plus. »

Un clou chasse l'autre, dit-on. Un dicton qui se vérifie pour moi. À l'école de polyphonie, les choses vont mieux. À la maison, Jacky se révolte. Entre les séances de thérapie, les cours de musique, mes exercices de solfège, ma flûte à bec – je me suis mis en tête de jouer de cet instrument – et mon travail, je suis très souvent absente. Et même quand je suis là, je pense à autre chose. Je néglige mon mari, qui me lance son amertume à la figure. Mais ce n'est pas le pire. Le pire, c'est Isabelle, que je délaisse elle aussi. Pour me rendre à mes cours, je la laisse en garde à l'une ou à l'autre de mes amies. Quand je la retrouve, ma petite fille pleure. « Maman, me dit-elle, maman, pourquoi tu n'es plus jamais là ? » Je la console du mieux que je peux. Je lui explique que même si je ne suis pas très présente, je pense à elle tout le temps. Je la serre contre moi, je lui murmure à l'oreille : « Isabelle, je t'aime plus que tout, tu es ma petite fille. Je serai toujours près de toi. Mais j'ai besoin d'avoir du temps à moi, en ce moment. Est-ce que tu comprends ? »

Non, bien sûr. Isabelle ne comprend pas. Et à regarder les larmes qui coulent le long de ses joues, je sens monter en moi une intense vague de culpabilité. Est-ce que j'ai le droit de la négliger, de négliger les miens pour apprendre à chanter ? Est-ce que je ne fais pas fausse route, est-ce que je ne me trompe pas ? La nuit, l'incertitude me tient éveillée ; le jour, elle me taraude. Pourtant, je continue mon chemin, vaille que vaille – et si je consacre un peu plus de temps à ma fille, si je l'emmène de nouveau se promener, le dimanche, au Jardin d'acclimatation, je continue, aussi, d'aller de l'avant. J'écoute les opéras de Verdi, de Strauss, de Bizet. Je lis les œuvres consacrées à ces compositeurs. Je m'inscris à un cours de danse – une activité de plus, à laquelle peut assister Isabelle, mais qui met Jacky hors de lui.

« Si tu ne me consacres pas plus de temps, me dit-il, je demande le divorce. »

Le divorce ? Le mot me fait l'effet d'une gifle. Ainsi, Jacky le doux, le tendre, Jacky si épris de moi en est là ? Je suis incapable de renoncer à ma passion ; mais je ne suis pas prête à accepter que mon couple vole en éclats. Alors, je cède, et j'accepte une parenthèse avec mon mari.

Avril. Le temps des vacances – des congés qui doivent nous rapprocher, Jacky et moi. Nous avons loué un chalet du côté de Chamonix, et nous comptons faire de belles randonnées. La montagne, autour de nous, est splendide : des aiguilles noires dressées vers un ciel très bleu, un vrai décor de cinéma, qui nous dépayse totalement. À nous les sentiers grimpant le long des alpages, à nous les téléphériques, qui nous amènent vers des pics toujours plus hauts. Nous montons jusqu'à l'aiguille du Midi. Arrivés en haut, sur cette plate-forme qui domine le monde, Jacky m'enlace, pour la première fois depuis très longtemps, et je prends contre moi la petite Isabelle. Nous voilà de nouveau ensemble, une famille heureuse, qui, le soir venu, avale une gigantesque raclette.

« Demain, dit Jacky, on ira à la mer de Glace. »

Durant dix jours, le monde est à nous, un monde plein de superbes paysages, d'un air très pur, de promenades au cours desquelles, ravie, je mesure combien mon corps m'obéit. Pourtant, même aux plus belles heures, quelque chose, de nouveau, me manque – ce vide, comblé par la musique, et qui recommence à se creuser en moi...

Le temps qui passe, un mois après l'autre, un an après l'autre. La vie qui continue. Voilà beau temps, maintenant, que je ne chante plus faux – beau temps aussi que j'ai cloué le bec aux six pimbêches qui venaient au cours avec moi. Ma voix est désormais bien plus assurée que la leur. Virginia m'a même proposé de me donner des cours particuliers, tant elle lui paraît contenir de promesses.

« Tu sais, m'a-t-elle dit, tu pourrais aller très loin si tu voulais. »

Très loin ? Peut-être. Mais pour le moment, je pars pour un week-end en amoureux avec Jacky. Au programme : air pur, randonnées, un peu d'escalade et feu de bois. Enfin ça, c'est la théorie. Je découvre très vite que la pratique est tout autre. Car Jacky m'a tendu un véritable traquenard : il a programmé un stage de deltaplane...

Une falaise – puis le vide. Un vide qui me fait tourner la tête, tant il est profond. À en croire mon moniteur, il va falloir que je coure, puis que je saute, pour planer ensuite, à ses côtés, dans une aile qui flottera au gré des vents. Jacky, qui l'écoute à mes côtés, est ravi. Moi, je m'efforce de faire bonne figure, mais au fond de moi, je sais bien que jamais, au grand jamais, je ne serai capable de me lancer dans le vide. Reste à l'expliquer à mon mari, et à supporter ses sarcasmes. Mais contre toute attente, il ne se met pas en colère, ne crie pas que je ne suis qu'une « dégonflée ». Au contraire. Il m'encourage presque à renoncer.

« Allez, dit-il. Ça ne fait rien. Redescends. On se retrouve à l'hôtel. »

Soulagée, je l'embrasse et je tourne les talons. Mais quand même. Je reste encore un peu, histoire de le voir décoller. Et ce faisant, je comprends la raison de sa gentillesse. Elle a pour visage celui d'une jolie blonde, une belle plante aux yeux clairs, qui, elle, n'a pas le vertige.

« Tu vois, Malika, cette fille-là, elle a vraiment du courage. »

Vingt heures. Le restaurant vient d'ouvrir ses portes. Jacky et moi sommes assis l'un face à l'autre. Des bougies auréolent nos visages d'une douce lumière. Mais entre nous, l'atmosphère n'est pas romantique, loin de là. Car depuis que nous sommes installés, il ne me parle que de Sophie, la blonde qui a partagé son premier cours de deltaplane. À croire qu'il en est tombé instantanément amoureux... Au début, je m'efforce de ne pas m'énerver. Mais je ne suis pas, on l'aura compris, d'une nature patiente. Alors, si je reste silencieuse, la moutarde qui me monte lentement mais sûrement au nez colore mes joues, et fait briller mes yeux de colère. Un autre soir, Jacky, qui me connaît bien, aurait sans doute compris qu'il valait mieux changer de sujet. Pas ce soir-là. Il continue de parler de Sophie, et pour finir, excédée, je me lève et je le plante là. Une simple scène de jalousie ? Non. La concrétisation du malaise qui règne dans notre couple depuis longtemps déjà. Quelques semaines plus tard, je dépose une demande de divorce et je quitte l'appartement de Cachan pour un trois-pièces dans un HLM de Bagneux. Je suis triste. Isabelle est triste. Jacky semble désespéré. Mais je sais, au fond de moi, qu'il approuve ma décision. Notre histoire est terminée.

Bagneux. Je viens tout juste de finir d'arranger notre appartement, à Isabelle et à moi. Peu de meubles, de grandes affiches ensoleillées, des fleurs, en bouquets ou en pots. La chambre de la petite regorge de jouets – la mienne est pleine de partitions de musique. Un seul problème : ici, les voisins ne semblent pas apprécier ma voix. Un soir que je fais des vocalises, l'un de mes voisins vient tambouriner à ma porte. Puis, comme je n'arrête pas, il glisse par-dessous un papier enflammé. Loin de m'impressionner, cela me met dans une rage noire. J'éteins le brûlot, je sors, et comme il n'y a plus personne sur le palier, je hurle :

« Allez vous faire foutre ! Je chanterai si je veux ! »

Et pour chanter, je chante. Le matin, en partant de chez moi, et jusqu'à l'arrêt de bus. Le midi, au parc, tout en grignotant un sandwich. Le soir, quand je rentre, avec Isabelle, qui y prend goût. Ma petite fille aime la musique, comme moi. Elle s'essaie à la flûte traversière, écoute mes opéras préférés blottie contre moi, assiste parfois à mes cours, le soir, quand je n'ai personne pour la garder. Dans ces moments-là, je me dis que je suis bien, ainsi, et que plus jamais je ne partagerai la vie d'un homme...

Et pourtant. Il en est un qui depuis très longtemps est amoureux de moi sans que je n'en sache rien. Il s'appelle Christian, et vit avec l'une de mes amies. Ensemble, ils ont une petite fille, prénommée Noémie – elle a exactement l'âge de la mienne. Le couple et moi-même sommes très liés, nous partons souvent ensemble pour des week-ends ou des vacances. Et je vais souvent dîner dans leur restaurant, un « boui-boui » autogéré, à l'enseigne des « Pieds dans le plat ». Jamais, au cours d'aucune de ces occasions, je ne remarque l'amour de Christian. Je ne comprends pas non plus que s'il quitte sa compagne, c'est parce qu'il m'aime, moi, Malika. Je continue de le voir en « bon copain », en « frère » – et j'accepte quand il m'offre gentiment de venir passer le week-end chez lui, à Saint-Mandé. Il y dispose d'un grand appartement entouré de verdure, où je peux faire des vocalises tranquille...

J'ai terminé le cycle des cours de l'école de polyphonie. Virginia, qui a trouvé en moi l'une de ses meilleures élèves, me suggère d'aller plus loin et de m'inscrire au Conservatoire international de musique de Paris. Mais j'hésite. Le Conservatoire, c'est une vraie école de musique. J'aime chanter. Ma voix s'est affirmée. J'ai acquis les rudiments du solfège. Mais de là à travailler avec des professionnels, il y a un grand pas à franchir. Puis il y a mon âge – cet âge canonique, vingt-neuf ans, qui m'interdit, au moins selon les canons en vigueur, de prétendre à une « carrière »...

Je ne sais pas combien de fois je suis passée devant le bâtiment abritant le Conservatoire – un immeuble rococo, à la façade de bois flanquée d'une tourelle moyenâgeuse. À chacun de mes passages, je me jure d'entrer. Mais au moment de franchir la porte, je recule, et je passe mon chemin. Des allées et venues ridicules, qui ne sont heureusement remarquées de personne – et personne ne me voit, non plus, guetter les élèves qui, eux, entrent dans les lieux d'un pas décidé. Je les jauge du regard, j'apprécie leur âge, leur allure – celui-là a l'air d'un banlieusard –, leur classe sociale – peu d'ouvriers, beaucoup de cadres moyens. Je constate que, évidemment, aucun Arabe, aucun Noir ne figure parmi eux et je m'en décourage un peu plus encore...

Un mardi de juin. Il est douze heures. J'ai pris une pause, à mon travail. Je rôde, une fois de plus, devant le Conservatoire. J'admire la façade de bois peint, la tourelle joliment décorée. Je regarde le ballet des entrants et des sortants. Puis, d'un coup, je m'approche. Qu'est-ce qui, à cet instant, guide mes pas ? Qu'est-ce qui me donne le courage de m'avancer jusqu'à la porte d'entrée ? Pourquoi est-ce qu'enfin je passe le seuil, souffle court, joues cramoisies ? Je n'en sais rien. Mais j'y suis. J'ai enfin franchi la porte du « saint des saints », comme je l'appelle en mon for intérieur. Et bien m'en prend. Car la secrétaire qui me reçoit m'apprend que ni mon âge, ni mon sexe, ni ma couleur de peau ne m'empêcheront de m'inscrire. Le contraire eût d'ailleurs été un scandale – mais des scandales de ce type, il y en a beaucoup, aujourd'hui encore.

Septembre. C'est la rentrée. Ma rentrée – une rentrée qui, en un mot comme en dix, me ravit. Pour la première fois, me voilà élève d'une école que j'aime, et dont le programme ne me fait pas fuir. Au menu, du solfège : temps, métronome, tempo, point d'orgue, pulsation ; représentation des durées, blanche, croche, double croche, lien, noire, point de prolongation, ronde, silence, unité de temps ; division du temps, duolet, quartolet, quintolet, sextolet, triolet ; mesure, anacrouse, barre de mesure, syncope. Puis le cycle des sept notes, aigu, grave, diapason, médium, la disposition, clés, portée, l'altération, armure, bécarre, bémol, dièse, et l'intervalle, sans compter le système tonal, degré, gamme, modalité. Du lourd, du solide – du compliqué, en un mot, pour la quasi-novice que je suis... À côté de ce pensum, l'histoire de la musique est presque une récréation. Reste, bien sûr, le morceau de choix, c'est-à-dire le chant. Ce que je suis venue apprendre. L'ennui, c'est que mon professeur ne tarde pas à me faire comprendre qu'elle déteste les vilains petits canards comme moi.

Elle s'appelle Deschornia – aujourd'hui encore, j'ignore son prénom. À cinquante ans, elle est maigre et sèche. Son visage trop fin, ses petites lunettes rectangulaires, le chignon qui noue ses cheveux poivre et sel lui donnent l'air d'une vieille fille. L'est-elle vraiment ? Cela non plus, je ne le saurai jamais. Mon nouveau professeur est de ceux qui gardent leur quant-à-soi en toutes circonstances, et qui ne parlent que dans le cadre de leur enseignement. Et malheureusement pour moi, notre première rencontre est un désastre. Car une fois de plus, je suis la seule « basanée » de tous les élèves. La seule, aussi, à venir d'un milieu populaire. Voilà sans doute pourquoi elle me lance d'emblée, d'un ton ironique :
« Alors, Ma-li-ka, vous vous intéressez à la musique ? »
Oui, je m'intéresse à la musique. Sinon, je ne vois vraiment pas ce que je ferais là, dans cette salle aux murs recouverts d'un tissu marron glacé, au parquet impeccablement ciré. Mais je le lui dis d'une voix douce, tranquille – en prenant bien soin de ne pas lui montrer, d'emblée, que je sais déjà tout des gens comme elle. Seulement voilà. Comme il fallait s'y attendre, mon humilité ne suffit pas à désarmer son agres-

sivité larvée. Car décidément, Mme Deschornia est de celles qui n'aiment pas les « métèques ». Elle va me le faire sentir à chaque occasion – sans jamais m'attaquer de front.

Et c'est sans doute ce qui, pour moi, au cours de cette première année d'études, est le plus difficile à supporter – ce racisme larvé, jamais réellement exprimé, et auquel je m'efforce moi-même de ne pas croire. Si Mme Deschornia me toise, si elle me prend de haut, c'est parce que je ne suis pas aussi bonne que les autres, évidemment, pas parce que je suis mate de peau. Alors, je m'efforce de rattraper mon retard, de rehausser mon niveau. À chaque cours, soigneusement préparé à la maison, je fais de mon mieux pour plaire au « dragon », comme je l'ai surnommée. Je chante, juste ou faux, mais avec ardeur et application. Je ne reçois jamais aucun compliment, mais je me raisonne. Après tout, c'est pour moi que je travaille, et le reste m'indiffère.

Et de toute façon, je n'ai pas besoin que Mme Deschornia me complimente. Car désormais, dans ma vie, il y a un homme. Et cet homme-là, aussi incroyable que cela puisse me paraître, c'est mon « copain », mon « ami », mon « frère » – mon très cher Christian...

14

Chaque fois que je raconte la manière dont Christian m'a finalement « draguée », tout le monde se tord de rire. Car seule une nigaude comme moi a pu se laisser prendre à son – tendre – piège. C'était un dimanche, l'un de ces nombreux dimanches passés à Saint-Mandé. Nous revenions d'une promenade en forêt quand il m'a dit :

« Malika, est-ce que tu connais la gestalt ? »

La gestalt ? Oui, je connais, au moins vaguement. Je sais qu'il s'agit d'une forme de thérapie basée essentiellement sur les jeux de rôle, mais aussi les jeux du corps. Je ne raffole pas de ce mode d'expression, mais je n'y suis pas hostile non plus. En fait, je suis avide de tout apprendre, de tout comprendre. Et je ne vois aucun inconvénient, au contraire, à ce que Christian m'explique plus en détail de quoi il s'agit.

« Mets-toi face à moi », me dit-il.

Sitôt dit, sitôt fait. Je me place face à lui, les épaules bien droites.

« Maintenant, continue-t-il, ferme les yeux. »

J'obéis toujours, comme un brave petit soldat.

« Tends les bras, et mets tes paumes face à moi. Bien droites, surtout ! »

D'accord. Voilà qui est fait. J'attends la suite. Et je sens les paumes de Christian se placer contre les miennes. Un contact doux, et pourtant insistant – qui déclenche chez moi un frisson. J'aime bien la peau de cet homme – et je prie pour qu'il ne s'en aperçoive pas. Christian, c'est un ami, je ne veux pas m'éloigner de la relation fraternelle que j'ai avec lui. Une relation fraternelle, vraiment ? À sentir ses mains bouger contre les miennes en un lent mouvement circulaire, je commence à en douter. Car il est sensuel en diable, et il ne peut pas l'ignorer. Qu'est-ce que je dois faire ? Rompre l'étreinte ? Ou bien le laisser continuer ? En fait, je n'ai pas le temps de décider. Car le voilà qui attrape ma bouche et qui m'embrasse...

L'amour, ça ne prévient pas. Et mon amour pour Christian obéit à cette règle. Après notre premier baiser, notre première étreinte, il m'embrase. Et moi la fière, la distante, moi l'indifférente, me voilà coincée au piège d'une passion bien encombrante. Certes, je suis heureuse de vibrer à l'unisson du corps de mon amant – un amant qui m'émeut comme s'il était le premier. Mais j'ai beau faire, je me méfie. Les hommes, je le sais d'expérience, ne m'aiment pas longtemps. Il y a eu Patrick. Il y a eu Jacky. Il y en a eu d'autres, ensuite, fiancés d'un jour, aussitôt enlacés, aussitôt rejetés. Voilà Christian, pour qui se prend-il, celui-là, à me dire que je suis la femme de sa vie ? Je ne mérite pas cette appellation, car je ne suis pas aimable. Petite, plutôt maigrichonne, des cicatrices sur tout le corps, des nuits ponctuées de cauchemars – et cette enfance cassée qui me hante, cette famille de fous dans laquelle je suis née... Pourquoi Christian m'aimerait-il ? Et de toute façon, même si c'était possible, il est hors de question que je partage la vie d'un homme. Tout ce que je veux, c'est continuer d'élever ma fille et chanter – voilà ce que je lui répète. Mais je vois bien que je mène un combat perdu d'avance. Car si j'ai été amoureuse de Patrick, si j'ai eu de la tendresse pour Jacky, je brûle pour Christian d'une passion intense. Cet homme-là, c'est mon frère jumeau, mon amant, mon ami. Il sait tout de moi sans que je lui aie rien dit, il devine mes pensées, rit de mes colères, fait preuve d'une infinie patience devant mes rebuffades. Et si à ses mots d'amour j'oppose des haussements d'épaules, si je me mure dans un silence obstiné quand il me parle d'avenir, je sais bien que tout cela est vain. Christian n'a pas l'intention de céder, il n'a pas l'intention de renoncer – ni à moi ni à la vie dont il rêve, à mes côtés. Alors peu à peu, au fil des jours, il m'attache à lui, et pour finir, il obtient ce qu'il veut. Je déménage, et je viens m'installer à Saint-Mandé, non sans lui lancer :

« Au moins, ici, je pourrai chanter sans qu'on foute le feu sous ma porte ! »

Chanter. Voilà ce que je continue de faire, mais c'est de plus en plus difficile. Car ce n'est pas seulement ma voix qu'il me faut dompter, éduquer, faire progresser. C'est aussi mon esprit, et il est encore à mille lieues de celui de mes camarades de cours. À côté d'elles, je ne suis rien, je ne sais rien – ni l'italien, ni l'allemand, ni le solfège. Et je n'ai jamais posé les doigts sur les touches d'un piano. Un handicap sérieux quand on travaille au milieu de demoiselles qui font des gammes depuis l'âge de cinq ans... J'ai chez moi – chez nous, chez Christian, je ne sais pas encore comment le dire – un petit xylophone, sur lequel je m'entraîne. Mais ses deux octaves me laissent bien insatisfaite. Je rêve d'un vrai clavier, aux touches patinées, au son tantôt cristallin, tantôt caverneux. J'en rêve d'autant plus qu'à la sortie de mes cours, juste à l'angle de la rue, il y a une boutique spécialisée dans laquelle trônent plusieurs superbes quarts-de-queue. Chaque fois que je passe devant eux, je m'arrête, figée comme une enfant devant une vitrine de Noël. Et dans ma tête, je fais les comptes – pour en arriver toujours à la même conclusion. Je n'ai pas les moyens de m'offrir ce genre d'instrument. Autant me résigner, et faire une croix sur mes ambitions.

Mais un jour, c'est plus fort que moi. Je rentre dans la boutique. Je frémis d'aise en respirant l'odeur si particulière qui y règne – cire et lavande. Je vais et je viens, ouvrant les couvercles, dévoilant des touches d'une blancheur exquise ou d'un crème délicat, avançant, reculant, effleurant les claviers – une gourmande dans un magasin de confiseries. Ça n'échappe pas au vendeur qui se dirige vers moi. Une demi-heure plus tard, l'affaire est conclue. Je suis propriétaire d'un piano droit, acheté à crédit – un crédit qui va lourdement grever mon budget, mais je m'en fiche. J'ai franchi une nouvelle étape dans ma longue route.

Reste à savoir où celle-ci va me mener. Voilà de longues années déjà que je prends des cours à l'école de polyphonie et au Conservatoire international. J'en ai épuisé tous les enseignements, diplômes à l'appui. Que faire, maintenant ? Quand je l'interroge, ma « chère » Mme Deschornia pince les lèvres.

« Vraiment, Malika, me dit-elle, vous vous voyez un avenir dans la musique ? »

La remarque, loin de me décourager, me fait plutôt l'effet d'un coup de fouet. Car enfin, pour être issue d'un milieu « défavorisé », comme on dit pudiquement, je n'en suis pas pour autant idiote. Et j'ai bien compris que je suis aussi douée, voire plus, que la majorité de mes camarades de cours. La seule différence entre elles et moi, c'est que leur teint est blanc et que leurs yeux sont clairs – ce qui leur facilite grandement les choses. Il n'empêche. Racisme ou pas, moi, je veux aller de l'avant. Et Christian, qui est aussi de cet avis, m'encourage vivement à me présenter au concours d'entrée de l'École normale de musique de Paris, cet établissement fondé voilà près de quatre-vingt-dix ans par Alfred Cortot dans un superbe hôtel particulier de style Belle Époque. Et quand je lui dis, un demi-sourire ironique aux lèvres : « Rien que ça ? », il répond, hilare : « Rien que ça ! »

Une pièce immense, aux tons fauves, aux rangées de fauteuils bordeaux. Là, devant moi, l'estrade, qui m'attend. Je viens d'entrer dans la salle Cortot, l'endroit où se déroulent les auditions des candidats à l'École normale. J'ai le sentiment que, cette fois, je passe dans un autre monde – un univers à des années-lumière de celui dans lequel j'ai grandi, et même de celui dans lequel j'évolue à présent. Oubliés, le bidonville des Pâquerettes et ses musiques orientales. Abolis, la misère des gosses errant dans ses rues, l'inculture des adultes, le racisme, la lutte, la guerre. Tout cela est loin derrière moi – comme les lits d'hôpitaux, les cours d'écoles boueuses, les railleries de ma mère, de mes institutrices, et même les regards condescendants de mes différents employeurs. Ici, tout est immense, sonore, plein de dignité et de solennité. Je suis entrée dans un temple, celui de la musique, je côtoie ceux qui y officient. Et à regarder autour de moi, je me dis que si je suis admise à suivre leurs cours, alors un jour – un jour ! – je monterai moi aussi sur une scène pour chanter *Carmen*, vêtue d'une longue robe rouge...

Mais en attendant, je dois grimper les trois marches menant à l'estrade – et mon estomac se tord, comme il s'est tordu toute la nuit. J'ai mal au ventre. Mon cœur bat la chamade. Mon front se couvre d'une mauvaise sueur. Et les choses empirent encore, s'il est possible, quand Caroline Dumas, l'un de mes futurs professeurs, arrive et me salue d'un signe de la tête.

C'est la première fois que je la vois, mais cette belle femme au port de tête altier est loin d'être une inconnue pour moi – et pour cause. Dans son domaine, Caroline est une star, qui chante Puccini, Duparc, Fauré, Bizet, Verdi. Elle a incarné Mimi dans *La Bohème*, Isoline dans l'œuvre de Messager, Marguerite dans *Faust*. Elle a été l'Antonia des *Contes d'Hoffmann*, elle a créé en France la *Lulu* de Berg sous la direction de Manuel Rosenthal. Bref, Caroline est l'une des « grandes » cantatrices du moment – et c'est elle qui va m'écouter et décider si, oui ou non, je suis capable d'intégrer l'École normale.

Aujourd'hui, quand j'y repense, je ressens encore au fond de moi la sensation de panique qui m'a gagnée quand j'ai été face à elle, sur la grande estrade – une panique telle que je me suis dit que jamais aucun son ne sortirait de ma bouche. Oui. C'est bien ce qui va se produire. Quand je vais entrouvrir mes lèvres et chercher au fond de ma gorge la première note du morceau que j'ai choisi d'interpréter – *Stride la vampa*, « La flamme s'élève », de Verdi – je serai muette. Et il faudra que je parte, le rouge de la honte au front, et que je rentre chez moi. Alors, c'en sera fini de toutes mes espérances. Je n'aurai plus qu'à exercer la comptabilité pour le restant de mes jours, tout en écoutant les opéras que j'aurais tant voulu chanter...

Mais ce n'est pas ce qui se produit – loin de là. Je monte les marches menant à l'estrade, je marche jusqu'au piano, je fais signe que je suis prête. Et dans l'aspiration extrême que je prends, j'oublie tout ce qui m'entoure. Aux premières notes du piano, les mots montent de ma gorge, se fraient un passage entre mes lèvres, emplissent la salle lumineuse, à l'acoustique impeccable. Et une fois de plus, une fois encore, comme chaque fois que je chante, le miracle se produit. Je ne suis plus Malika, la petite Arabe élevée chez les religieuses qui se cherche sans se trouver, mais l'héroïne d'une autre tragédie, celle de la Gitane Azecuna. À cet instant, je ne suis plus debout sur l'estrade de la salle Cortot, mais assise à côté d'un feu, et je pleure ma mère brûlée vive sur le bûcher. Elle est là, tout près de moi. Je vois son corps se tordre dans les flammes, j'entends ses hurlements de douleur, et ma voix restitue fidèlement sa souffrance, sa révolte, sa haine, sa passion...

Combien de temps est-ce que cela dure ? Trois minutes ? Cinq minutes ? Dix minutes ? Je n'en sais rien. Tout ce dont je suis sûre, quand le silence revient, c'est que Caroline Dumas m'a écoutée avec la plus grande attention. A-t-elle été sensible à ma voix ? Ou bien à la flamme que j'ai mise dans mes mots ? Quoi qu'il en soit, elle semble ravie de ma prestation. Et avec un grand sourire, elle prononce les mots que j'attends, des mots miraculeux, qui m'ouvrent toutes les portes.

« C'est bien, Malika. Votre voix contient de belles promesses. Je vous prends... »

À partir de la rentrée de septembre 1989, je ne fais plus que courir. Courir à l'école, d'abord, pour y déposer Isabelle, à peine réveillée, et que j'ai fait déjeuner à toute vitesse. Courir au travail, ensuite – je viens d'être embauchée dans une petite entreprise dont le patron me fait toute confiance et m'a permis d'aménager, autant que faire se peut, mon emploi du temps. À peine arrivée, je me précipite sur mes tâches du jour – fiches de paye, règlements de factures ou bilan, suivant la période. Je classe, je trie, je compte, il est déjà midi, l'heure de la pause. Une pause qui me permet de courir au parc Monceau tout proche, quand il fait beau, ou dans un petit café, quand le temps est maussade. Arrivée là, je grignote un sandwich tout en révisant mes cours. Le solfège est toujours l'un de mes problèmes, à ce stade, c'est même une difficulté importante. Parfois, devant certaines partitions, j'ai le sentiment de me retrouver perdue dans une forêt où les arbres seraient des croches ou des doubles croches menaçantes, et les taillis une armée de soupirs, de pauses, de demi-pauses prêtes à me lacérer au moindre faux pas. Alors, assise sur mon banc, je m'efforce de déchiffrer, d'analyser, de comprendre, avant de retourner à mes comptes...

Dix-sept heures. L'heure de courir pour attraper mon bus. Direction : l'École normale. Durant le trajet, je révise, j'apprends, je déchiffre. Parfois même, au grand étonnement de mes voisins, je chante à mi-voix. Vingt minutes plus tard, m'y voilà enfin. Au programme : solfège, piano, et enfin, enfin, ma récompense : le cours de chant, avec Caroline Dumas.

« Malika, me dit-elle, dès la première leçon, tu as une voix, c'est certain. Mais elle est encore gauche, et parfois fausse. Si tu veux la porter à son plus beau registre, tu vas m'écouter. Pour commencer... »

Caroline prend une grande inspiration, tourne autour de moi, me regarde.

« ... il faut que tu saches ton solfège. Il t'apportera la liberté – tu pourras lire au lieu de déchiffrer, et te consacrer uniquement à ta voix. »

Une pause. Je ne dis rien. Je maudis le solfège.

« Je sais que tu as des problèmes sur ce terrain-là, insiste-t-elle. Pourquoi ne prends-tu pas des cours particuliers ? »

C'est une idée. Reste à les payer. Je ne dis rien, mais Caroline semble lire dans mes pensées.

« Je connais quelqu'un qui pourrait te donner des leçons pour un prix modique, insiste-t-elle. Une de mes anciennes élèves. »

Va pour les cours de solfège. Toujours aussi coite, je les programme en esprit pour le samedi.

« Ensuite, dit encore mon professeur, tu dois t'intéresser à la technique vocale, et ne jamais oublier de faire tes exercices de respiration. »

Ces exercices, je les connais. Ils se pratiquent allongé au sol, puis le long d'une porte, bras levés à la hauteur des épaules. On doit ensuite « faire le chat », en se mettant à quatre pattes en levant la tête pour sentir le milieu du corps, la colonne vertébrale, tout en creusant les omoplates. Vient ensuite la gymnastique en apnée, pour travailler le souffle.

« Après, et après seulement, poursuit Caroline Dumas, viennent les gammes. »

Do ré mi fa sol la si do... Combien de fois par jour est-ce que je chante ces notes-là ? Combien de fois est-ce que je les joue au piano, lentement, plus vite, très vite, avec des dièses, des bémols, des silences, des croches, des doubles croches, des pauses ? Des gammes. Oui, c'est promis, je ferai des gammes.

« Une fois celles-ci terminées, tu peux te mettre à déchiffrer ta partition, conclut Caroline. Mais attention. »

Elle s'interrompt de nouveau.

« Tu dois t'assurer que tu comprends les mots du texte, qu'il soit en italien, en allemand, ou même en serbo-croate. Je me fiche que tu ne parles aucune langue étrangère. Débrouille-toi pour trouver des dictionnaires, des encyclopédies, n'importe quoi – mais intègre en toi l'œuvre que tu vas chanter, une fois pour toutes. »

D'accord. Je vais apprendre l'allemand, puis l'italien. Les cours par correspondance du CNED, je connais déjà bien. J'ai appris la comptabilité comme ça. Après tout, qui peut le moins peut le plus.

« Après, conclut Caroline Dumas, tu pourras commencer à chanter. Mais attention. Quand tu chantes, il faut que tu apprennes à laisser venir les images en toi... »

Laisser venir à moi les images. Cette phrase, au moins, je la comprends. Car Caroline, qui semble avoir percé tous mes secrets, choisit de me faire travailler des œuvres qui me touchent au plus profond de moi-même. Elle commence par le merveilleux *Laisse-moi pleurer* de Haendel, qui fait ressurgir en moi le souvenir de toutes les violences que j'ai subies au cours de mon enfance – mais qui est aussi, pour moi, un chant de justice et de liberté. Elle poursuit avec *Douce ardeur*, avant de m'imposer *Amadis*, de Lully...

> *Amour, que veux-tu de moi ?*
> *Mon cœur n'est pas fait pour toi [...]*
> *Je ne veux inspirer que l'horreur et l'effroi*
> *Amour, que veux-tu de moi ?*
> *Mon cœur aurait trop de peine*
> *À suivre une douce loi...*

Je chante. Et d'un coup, je revis tout ce que j'ai subi, quand Patrick m'a quittée, quand Jacky m'a trompée. Les mots me flagellent, mais je les prononce tout de même – avec tout le désespoir, toute la rage qui sont en moi. À cet instant, je déteste Caroline de m'infliger cette torture. En même temps, j'exulte, parce que ma douleur trouve enfin les mots qui l'expriment. Puis les larmes montent à mes yeux, coulent de mes paupières – une libération. Je pleure et je suis heureuse, en même temps, et, d'un coup, je me compare à un arc-en-ciel, prisme fait de toutes les couleurs, qui ne naît que lorsque le soleil et la pluie sont intimement mêlés l'un à l'autre. Oui. C'est bien cela. Je suis à la fois vert et parme, blanc et rouge, et bleu, aussi. Je mêle en moi toutes les cultures, la musulmane et la chrétienne, tous les langages, arabe, français, solfège, comptabilité et chant, toutes les saveurs – orientales et occidentales. Et en même temps je suis moi, Malika, enfin une dans la musique et le chant...

« C'est bien, Malika, dit Caroline. C'est bien, mais ça peut être encore mieux. On reprend... »

Automne. Un automne doux, au cours duquel les arbres tardent à perdre leurs feuilles. Entre mon travail, mes cours et Christian, je peine à trouver un peu de temps pour Isabelle. J'ai tort – ma fille ne va pas très bien. Bien sûr, elle est heureuse d'habiter avec Christian, qu'elle adore et qu'elle considère comme son père. Seulement voilà. Elle aimerait bien connaître son « vrai » papa, comme elle dit.

La première fois qu'Isabelle m'a parlé de son père biologique, j'ai senti mon cœur se serrer. Car je sais bien qu'à cet instant, nous sommes, elle et moi, à la croisée des chemins. Comment va-t-elle admettre le fait que j'ai refusé que Patrick la reconnaisse ? Comment va-t-elle supporter le fait que celui-ci, ensuite, l'a abandonnée ? Les deux questions me taraudent, mais je n'ai pas le choix. Je dois tout lui raconter...

À ma grande surprise, ma confession, soigneusement préparée, se passe plutôt bien. Isabelle m'écoute avec attention, semblant peser chacun de mes mots. Puis elle prend la parole, de sa petite voix sérieuse.

« D'accord, me dit-elle. Tu t'es arrangée pour me garder pour toi toute seule, parce que tu avais peur que papa me prenne. »

Papa. Voilà qu'elle appelle papa cet homme qu'elle n'a jamais vu.

« Lui, poursuit-elle, il est parti parce qu'il ne t'aimait plus. »

Un silence.

« Mais moi, reprend-elle, je ne vois pas pourquoi je ne pourrais pas faire sa connaissance. Je n'y suis pour rien, dans vos histoires... »

Elle a raison. Mais elle ne connaîtra pas son père pour autant. Car je n'ai plus ses coordonnées. Et ses parents, à qui je téléphone, refusent de me les communiquer. Peut-être que si d'aventure Patrick lit ce livre, il saura que sa fille l'a réclamé...

15

La salle Cortot, de nouveau. Mais cette fois, je dois y chanter pour le concours de fin d'année. Je serai seule sur l'estrade. Dans les fauteuils du premier rang, mes professeurs, Pierre Petit, le directeur de l'École normale. Derrière eux, tous mes camarades, qui, je le sais, sont aussi angoissés que moi. Toute la semaine, nous avons échangé des « recettes miracles » pour éviter les effets du stress sur nos estomacs. Pour ma part, voilà quarante-huit heures que je ne mange que du riz blanc longuement bouilli. Solène quant à elle a préféré se nourrir d'eau sucrée, et Catherine de Coca-Cola longuement agité, pour en faire partir les bulles. N'empêche. Nous sommes tous à la fois barbouillés et épuisés. Aujourd'hui, nous jouons notre passage en deuxième année – un passage bien mérité, eu égard à tous les efforts fournis, c'est au moins ce dont nous sommes persuadés.

« Madame Malika Bellaribi. »

C'est mon tour. Je me lève, le cœur battant à cent à l'heure. Je m'approche de l'estrade, je grimpe les marches, je me dirige vers le piano. Au clavier, cette pianiste qui, toute l'année, m'a fait mille crasses, sans doute parce que elle non plus n'aime pas mon teint basané. Dans ses yeux, je peux lire son antipathie à mon égard. Est-ce cela qui me déconcentre ? Ou bien est-ce que, tout simplement, le trac me paralyse ? Lorsque les premières notes de Marguerite au rouet, de Goethe, résonnent, je tremble de peur ; et c'est d'une voix mal assurée que je commence.

Le repos m'a fuie ! Hélas ! la paix de mon cœur malade, je ne la trouve plus, et plus jamais !

Ça y est. J'y suis. Je chante. Mais si, d'ordinaire, lorsque la voix monte dans une salle, une sorte d'euphorie me gagne, aujourd'hui, tel n'est pas le cas, bien au contraire. Je suis décidément bien mal assurée. Je ne « sens » pas mon texte, pourtant mille et mille fois répété. Pire encore, j'ai l'impression désastreuse que ma voix déraille. Est-ce que je suis dans le ton ? Dans la mesure ? Est-ce que mes mots se détachent suffisamment bien les uns des autres ? Ou est-ce que je suis mauvaise, si mauvaise que personne ne m'écoute déjà plus ? Du regard, je cherche les yeux des membres du jury. Ils sont impénétrables. Alors je continue.

Partout où je ne le vois pas, c'est la tombe ! Le monde entier se voile de deuil ! Ma pauvre tête se brise, mon pauvre esprit s'anéantit !

Le dernier mot monte, clair, limpide, se brise sur le plafond délicatement décoré. La pianiste continue à jouer. Il faut que j'enchaîne – et vite. Mais je suis incapable de me remémorer la suite. Les mots se sont enfuis, ils n'existent plus – il n'y a plus que ce trou noir, dans lequel ma voix s'est engloutie...

Un cauchemar. Voilà ce que je suis en train de vivre, tandis que les membres du jury délibèrent. Car c'est sûr, je vais être recalée. Je vais devoir refaire mon année. Pour moi qui n'ai pas le sou, c'est une catastrophe. D'ailleurs, à cet instant, je suis sûre que je vais tout arrêter, tout plaquer. Jamais je n'aurais dû m'engager dans cette voie, car les miracles, ça n'existe pas. Dans la vraie vérité, comme disent les enfants, le méchant loup croque le Petit Chaperon rouge, et Cendrillon ne retrouve jamais sa chaussure de vair. Inutile de continuer à rêver – le principe de réalité vient de me rattraper...

Un bruit de pas. Le jury entre dans la salle. Pascal Petit appelle les élèves les uns après les autres. Sabine est reçue, ce n'est que justice. Élise passe, elle aussi. Et Catherine, Sophie, Élodie...

« Madame Malika Bellaribi. »

C'est mon tour. Je me lève. Pascal Petit me regarde, l'air mi-figue, mi-raisin.

« Votre début était parfait », dit-il.

Un silence.

« Néanmoins, poursuit-il, vous allez devoir redoubler votre année. Lorsqu'une cantatrice a un trou de mémoire, elle doit improviser. Mais ne jamais s'arrêter de chanter ! »

1990. 1991. 1992. Les années s'écoulent, les unes pareilles aux autres. Isabelle grandit. Christian et moi, nous nous aimons toujours – et il semble que, cette fois, l'amour per-durera. Pour mieux se rapprocher de moi, il prend des cours de chant. De mon côté, je suis toujours une thérapie – et après mon travail, je me consacre à mes études musicales. De ce côté-là, je dois l'admettre, mon redoublement a gran-dement facilité les choses. Désormais, le solfège n'est plus pour moi un problème. J'ai même conquis cette pianiste qui, au début, me jetait des regards féroces. Je ne travaille plus guère avec Caroline Dumas, trop souvent partie en tournée. D'autres professeurs lui ont succédé, avec plus ou moins de succès. Mais même si certaines n'ont aucun atome crochu avec moi, j'avance. Et désormais, je suis certaine qu'un jour – mais quand ? – je chanterai *Carmen*, toute seule sur une scène, vêtue d'une superbe robe rouge.

Mais je n'en suis toujours pas là, pas encore. Pour le moment, je travaille *Sœur Angelica*, de Puccini, et *Le Spectre de la rose*, de Berlioz. Et dans un tout autre domaine, je prépare mon baptême.

Je l'ai déjà écrit. Le Dieu de mon enfance n'est pas musulman. Il est chrétien. Que ces deux-là soient les mêmes ne fait pour moi aucun doute – mais tout de même. J'ai plus de tendresse pour Jésus que pour Allah. Puis surtout, Christian m'a demandée en mariage, un vrai mariage, à la mairie, puis à l'église. Et pour pouvoir lui dire « oui » devant l'autel, il me faut me convertir.

Je ne sais pas si mon père aurait approuvé mon choix. Ce que je sais, en revanche, c'est que le jour où ma mère l'a appris, elle m'a maudite. Mais de cela, je me fiche – car pour elle, maudite, je le suis depuis longtemps. Un peu plus ou un peu moins, cela n'a vraiment aucune importance...

C'est un jour de juin que je deviens une « enfant de Dieu », comme on dit chez les catholiques. Au moment où le prêtre fait couler l'eau sur mon front, je ferme les yeux et je songe, fugitivement, à tout le chemin parcouru depuis mon enfance. Ensuite, je prie Jésus-Christ de me donner la force de poursuivre ma route et de me permettre, aussi, de continuer à le louer à travers chaque hymne, chaque cantique, mais aussi chaque air d'opéra que j'entonne. Un peu naïf ? Peut-être. Mais je suis naïve, moi, Malika – ou plutôt Myriam, puisque c'est mon nom de baptême. Depuis ma plus tendre enfance, je crois aux miracles.

Aujourd'hui, j'épouse Christian. À la mairie d'abord, à l'église ensuite, comme il le souhaite. Autour de nous, sa famille, ses amis. Mais aucun des miens. Je les ai invités, pourtant, mes frères et mes sœurs. J'ai aussi demandé à ma mère de venir, si elle le souhaitait. Aucun d'entre eux n'a accepté d'être à mes côtés, en ce jour qui se veut pourtant heureux. Oui, la fête est belle. On mange beaucoup – des choses légères, aériennes, comme je les aime. On rit, on boit – et je trempe mes lèvres dans l'alcool. On chante, bien sûr. Isabelle s'amuse, elle rit, elle est heureuse. Moi aussi – même si une fois de plus, je me sens orpheline...

Chanter. Chanter encore. Chanter toujours. Les semaines, les mois, les années s'écoulent, au rythme des notes que j'égrène. Pour moi, en matière de musique, rien n'est jamais fastidieux. Ni les heures passées à lire les partitions. Ni celles au cours desquelles je fais des gammes au piano. Et encore moins le temps consacré aux vocalises. L'École normale va bientôt être derrière moi. Il faut que je progresse encore, que je trouve d'autres professeurs, que je m'ouvre à d'autres techniques. Il faut aussi que je commence à donner des concerts – c'est Christian qui insiste sur ce point.

« Tu as un véritable don, me dit-il. Ne le gâche pas en restant dans ton coin. Chante devant les autres. Fais-les profiter de ta voix... »

Il a raison, je le sais. Mais au moment de sauter le pas, j'hésite – le mot est faible. Je me rêve toujours sur une scène, en robe rouge, en train de chanter *Carmen*. Mais du rêve à la réalité, il y a un fossé, ou plutôt un abîme que je ne me décide pas à franchir. Donner un concert, je le voudrais bien. Mais est-ce que j'en suis capable ? Pendant des soirées entières, Christian et moi en discutons. Il argumente, je réplique. Il insiste, je fais mine de céder – mais je gagne du temps. Qu'il me laisse encore quelques mois avant de sauter le pas. Je dois encore travailler, je ne suis pas prête, ma voix n'est pas assez assurée. D'ailleurs, j'ai prévu de faire un stage d'une semaine avec un professeur du conservatoire de Nice. Après, on verra...

Juin. Il fait déjà très beau sur la Côte d'Azur. Un grand soleil illumine le paysage, le ciel est très bleu, la température agréable, l'air embaume le mimosa. Je me sens presque en vacances, et j'en oublie le trac qui m'a rongée tout au long du voyage à l'idée de travailler durant une semaine avec ce « maître » dont on m'a vanté les mérites, et qui est à coup sûr un grand de l'opéra. Je suis désormais une élève confirmée, même si mes professeurs se disputent sur le point de savoir si ma voix est « soprano » ou « mezzo ». Mais j'ai beau avoir de longues années d'études derrière moi, j'ai toujours ce que Christian a baptisé « le syndrome du vilain petit canard » – en un mot comme en dix, j'ai l'impression que mes origines raciales ne vont pas plaider en ma faveur. Voilà pourquoi, au moment où je monte dans le taxi qui m'emmène chez mon futur professeur, mon cœur bat la chamade. Et même le superbe paysage qui m'entoure, lorsque nous grimpons vers les hauteurs de l'arrière-pays, ne suffit pas à m'apaiser, loin de là.

Une villa aux murs blanchis à la chaux, au toit de tuiles rousses, entourée d'un grand jardin planté de massifs de fleurs. C'est ici que je vais passer une semaine, en compagnie des cinq autres élèves admises à travailler avec le grand Blivet. Certes, c'est superbe. Mais au moment précis où mon taxi s'arrête devant le porche, je sens monter en moi une nouvelle vague de panique. Quelque chose, dans cet endroit, ne me revient pas. Cette pelouse tirée au cordeau, qui me rappelle celle du bourreau qui nous a obligés, ma famille et moi, à déménager de la rue Pascal ? L'isolement de la bâtisse, perdue en pleine montagne ? Ou bien cette femme aux manières précieuses qui entrouvre la porte et me jette un regard curieux ? Un instant, j'hésite à descendre du véhicule. Puis je hausse les épaules. Allons, un peu de courage. Je n'ai pas fait un si long voyage pour rebrousser chemin... Et pourtant, c'est bien ce que j'aurais dû faire. Car pour être un grand artiste, Rodolphe Blivet a des conceptions pour le moins particulières de l'enseignement. Dès notre premier cours, l'homme, un bellâtre d'une soixantaine d'années, s'approche de moi à me toucher, avant de caresser des yeux chaque courbe de mon corps.

« Ma chère Malika, me dit-il ensuite en me lançant un regard appuyé, je suis très heureux que vous soyez venue jusqu'à moi. Vous le savez sans doute déjà, un professeur et son élève doivent avoir une relation très particulière, presque une relation amoureuse... »

Il n'a pas besoin de continuer longtemps, j'ai compris. Et je réplique, avec une certaine insolence :

« Mon cher maître, vous avez raison. Mais pour moi, un professeur est comme un père. Et je m'en voudrais d'avoir avec lui une relation amoureuse, donc incestueuse. »

Durant une semaine, je dois travailler avec son épouse – cette dame maniérée qui m'a ouvert la porte de la villa – tandis qu'il se consacre aux quatre autres élèves, sans doute plus dociles que moi. Il leur promet monts et merveilles, leur jure qu'il les fera un jour chanter à la Scala de Milan. À moi, il me dit :

« Si tu n'acceptes pas de te rapprocher de moi, tu n'y arriveras jamais. J'ai écouté ce que tu fais. C'est nul. Tu dois comprendre que le chant passe d'abord par la sensualité. »

Plutôt que d'en passer par cette sensualité-là, je préfère aller ramasser des pommes de terre, et je ne me prive pas de le lui dire. Voilà. C'est fait. Nous sommes fâchés. Je rentre à Paris, partagée entre l'indignation, l'envie de rire et l'abattement. À la gare, Christian m'attend.

« J'ai organisé un concert, me dit-il avec un grand sourire. Tu vas chanter devant quelques-uns de mes amis... »

De cette soirée-là, je me souviendrai sans aucun doute toute ma vie, comme une midinette se souvient de son premier bal, une amoureuse de son premier baiser, une jeune fille de son premier amant. Car j'ai rendez-vous avec la musique, la vraie, celle que l'on donne aux autres comme on offre un cadeau longuement choisi, amoureusement enveloppé d'un joli papier argenté. Ce soir, je chante, pour la première fois, pour d'autres personnes que mes camarades de cours, mes professeurs, ou même Christian. Et je suis partagée entre le bonheur et l'angoisse, la joie et le trac. Le concert est donné dans l'appartement de l'une des amies de mon mari, une « bourgeoise », comme il dit, qui vit dans les beaux quartiers. L'assistance sera composée d'amis ou de connaissances, une vingtaine de personnes en tout. Je les connais toutes. Je suis même intime avec certaines d'entre elles. Nous avons partagé des repas, des fous rires, quelques randonnées, d'interminables discussions. N'empêche. Ce soir, toutes ces personnes me sont comme étrangères – pour ne pas dire ennemies. Car je vais me mettre à nu devant elles, leur livrer le plus intime de mon être, le plus profond de mon âme – et je ne peux m'empêcher de penser qu'elles vont me juger.

Vingt heures. Je termine tout juste de me préparer. Pour l'occasion, j'ai passé une robe droite, très sage, de couleur grise. Le rouge, ce n'est pas pour aujourd'hui. On verra plus tard aussi pour le maquillage. Ici, après tout, je ne suis pas sur scène, une touche de blush et un peu de rimmel suffiront à mettre en valeur mon visage. Mes boucles noires sont un rien décoiffées, tant pis, je n'ai pas le temps d'y remédier, je me dis que cela fera plus naturel. Et puis je me fiche de ma tenue. Ce qui compte, c'est ma voix – cette voix que je sens fragile, ténue, évanescente, prête à se briser, comme chaque fois que le trac me noue le ventre... Cinq minutes encore et je vais devoir quitter la pièce où je me suis changée et « entrer en scène ». J'essuie mon front, trop moite, je passe un peu de crème sur mes mains, trop sèches. Je respire très fort. J'écoute, derrière la porte, les bruissements des invités, sagement assis à deux pas de moi. Quelques secondes encore. La porte s'ouvre. C'est à moi. J'avance de quelques pas. Je pénètre dans le grand salon aux murs tendus de tissu. J'aperçois le piano droit, un beau piano au bois parfaitement ciré, aux touches d'un ivoire parfait. Françoise, la pianiste, celle qui doit m'accompagner, est déjà assise. Elle porte une superbe robe rouge, très décolletée dans le dos – la robe dont je rêve depuis tant d'années. Et moi, d'un coup, je me sens ridicule. J'ai l'air d'une souris avec ma tenue grise. Une misérable bête qui avance d'un pas faussement assuré, s'immobilise à côté de la partition, ose, enfin, lever les yeux vers le public. Ils sont tous là, mes amis. Il y a Alain et Josette, Valérie et Stéphane, Franck et Isabelle, et les autres, tous les autres. Ils sont venus m'entendre, alors je vais chanter. D'ailleurs, comment faire autrement ? Déjà, Françoise a posé les mains sur le clavier. Déjà, quelques notes s'élèvent, claires et hautes. Cela va être à moi ; c'est à moi. J'ouvre la bouche. Mes lèvres frémissent. Je cherche ma voix, au plus profond de ma poitrine. Mais elle ne me répond pas. Et d'un coup, je panique. Car je suis totalement aphone.

Cette soirée tant attendue, si soigneusement préparée, est un échec. Après avoir constaté que ma voix s'est enfuie, je fais signe au public et à la pianiste que je dois quitter la pièce. Je me retourne, je regagne la chambre où, tout à l'heure, je me suis changée. Là, assise sur le lit, je ferme les yeux avant de respirer longuement, profondément, comme Caroline Dumas me l'a appris. Ensuite, lorsque j'ai enfin retrouvé un peu de calme, je toussote, j'entrouvre les lèvres. Et je parle. Doucement, d'abord. Plus fort ensuite.

« Ça va aller. Ça va aller. Ça va aller. »

Je rouvre les paupières. Christian est là, près de moi, attentif et aimant, comme à son habitude. Mais je lui fais signe de sortir – l'amour ne peut m'être d'aucune utilité dans le combat que je mène contre moi-même. Car je sais que ce n'est pas un hasard si ma voix m'a trahie. J'ai peur de passer de l'autre côté. Peur de muer, de changer de peau, d'oublier ma première personnalité, peur d'atteindre cette « inaccessible étoile » dont parle le chanteur Jacques Brel – cette étoile qui va peut-être me consumer, moi, la petite Arabe au corps blessé.

« Ça va aller. »

Je parle, de nouveau. Je parle, ou plutôt je psalmodie, de plus en plus vite, de plus en plus fort. Ma voix revient, peu à peu. Elle s'affermit et j'ose, enfin, une vocalise, puis une autre, et une autre encore. Et quand les choses sont rentrées dans l'ordre, quand je sens que ma voix s'est remise en place, je me relève, et je regagne, à tout petits pas, la pièce où les invités continuent de m'attendre. Pendant mon absence – combien de temps a-t-elle duré ? cinq minutes ? dix minutes ? je serais bien incapable de le dire – aucun d'eux n'a bougé. Ils sont toujours là, assis les uns derrière les autres. Et leurs murmures s'arrêtent lorsque je m'approche du piano... Qu'est-ce que je vais faire ? Tenter de chanter une nouvelle fois ? Ou bien m'excuser, dire que j'en suis incapable ? Franchement, je n'en sais rien. Et c'est en quelque sorte la pianiste qui décide pour moi, quand elle pose les mains sur son clavier et commence à jouer. Allons. Il est trop tard. Je ne peux pas, je ne veux pas l'interrompre. J'entrouvre mes lèvres, une nouvelle fois. Je ferme les yeux, pour mieux me concentrer. Je vais chercher ma voix, très loin au fond de ma poitrine. Et, miracle, elle jaillit, claire comme une source, et emplit toute la pièce.

Mais les choses, décidément, ne sont pas si simples. Quand Christian, fort de mon succès – les invités de mon premier concert m'ont fait un triomphe – organise de nouvelles soirées, rien ne va jamais. À la galerie Siret, dans les jardins du Palais-Royal, je massacre Strauss, avant de retrouver un peu de contenance avec Duparc. À l'église de Vincennes, c'est Mozart qui fait les frais du trac qui me ravage. Mais malgré mes reprises de souffle parfois bruyantes, mes erreurs de texte ou le fait que j'ai du mal à respirer au milieu des mots, je sens que je progresse et que je passe lentement, mais sûrement, au stade supérieur de ce que j'appelle désormais « mon art ». Le pas est franchi. La scène n'est plus une ennemie. J'apprends à l'apprivoiser, à la dompter, et même à l'apprécier. À preuve ? J'accepte sans barguigner de me produire dans l'enceinte du château de Ratilly, dans l'Yonne...

Des murs de pierre épais d'au moins un mètre. Une façade mangée par la vigne vierge. Une cour d'honneur pavée. Tel est l'endroit où je chante, ce soir de juillet 1993. Il fait beau. Il fait chaud. L'air embaume l'été. Et quand je m'avance, dans la cour d'honneur, je n'ai pas peur, car je suis en train de réaliser l'un de mes rêves les plus chers. Je n'ai pas de robe rouge – je ne me résous pas encore à en porter une, allez savoir pourquoi – mais je chante *Carmen*...

> *L'amour est un oiseau rebelle*
> *Que nul ne peut apprivoiser,*
> *Et c'est bien en vain qu'on l'appelle,*
> *S'il lui convient de refuser !*
> *Rien n'y fait, menace ou prière,*
> *L'un parle bien, l'autre se tait*
> *Et c'est l'autre que je préfère,*
> *Il n'a rien dit mais il me plaît*
> *L'amour ! L'amour ! L'amour ! L'amour !*

Silence. Malgré les projecteurs braqués sur moi, je devine le public, qui me regarde, et qui attend la suite. Et c'est d'une voix allègre, d'une voix triomphante, que je reprends :

> *L'amour est enfant de bohème*
> *Il n'a jamais jamais connu de loi*
> *Si tu ne m'aimes pas, je t'aime ;*
> *Si je t'aime, prends garde à toi !*

16

La salle devant moi. Noire. Immense. Mouvante. La lumière qui m'aveugle. Le trac qui me noue le ventre. Une fois de plus, je suis sur scène. Mais cette fois, c'est différent. Au cours des années écoulées, j'ai chanté dans de très nombreuses salles – des concerts donnés dans des châteaux, des églises, à Cortot, et même au théâtre du Renard, dont le directeur est devenu l'un de mes amis. Mais le concert d'aujourd'hui, donné dans la prestigieuse salle Gaveau, réunit des chefs-d'œuvre de Haendel, de Vivaldi, les grands airs de Mascani, de *Samson et Dalila*. Sept cent cinquante personnes sont réunies pour m'écouter. RFI a délégué l'un de ses journalistes. Et surtout, ma mère est au premier rang du public.

Depuis mon mariage, nous avions perdu le contact, elle et moi. Elle m'a refusé sa bénédiction le jour de mes noces. Je me suis retranchée dans un silence rageur. Mais avec le temps, je me suis prise à regretter notre brouille. Parfois, en regardant Isabelle jouer ou étudier, je me dis qu'après l'avoir privée de son père, je la prive de sa grand-mère. Je me remémore les rares fois où Fatima s'est occupée d'elle.

Un jour de septembre, au jardin des Tuileries. Un Noël passé en compagnie de toute la famille. Un soir de mars, quand elle est venue chez moi et qu'elle s'est mise en tête de repasser les vêtements de ma petite fille. Ce soir-là, blotties sur le canapé, Isabelle et moi nous l'avons longtemps regardée. Elle avait l'air d'une vraie grand-mère, douce et joyeuse à la fois. Je dois le reconnaître, même si cela ne m'est pas facile. Durant toutes les années qui ont suivi mon mariage, ma mère m'a manqué. Et je finis presque par oublier sa violence, sa folie, les sévices qu'elle a exercés sur moi. Mes frères et mes sœurs me manquent, eux aussi – Bibi et Djamila, Mohamed et Djamel, et les autres, tous les autres, même celui qui m'a tenue prisonnière en Algérie. Est-ce l'âge ? Ou le fait que je suis amoureuse, heureuse, et enfin musicienne ? J'ai la nostalgie d'une famille que j'ai longtemps cru détester. Voilà pourquoi, quand ma sœur Djamila, l'éternelle ambassadrice, me téléphone à l'été 1997, je suis heureuse comme une enfant de l'entendre. Et je n'en finis plus de demander des nouvelles des uns et des autres, apprenant pêle-mêle les naissances et les décès, les joies et les peines, bref, tout ce qui fait le quotidien de mes proches.

« Et toi ? demande Djamila pour finir.

– Moi ? »

Un silence. Qu'est-ce que je vais bien pouvoir lui dire ? Que je suis enfin en paix avec moi-même, ou presque, que j'aime mon mari, que ma fille grandit bien, et que j'ai abandonné la comptabilité pour devenir chanteuse professionnelle ? Pragmatique comme elle est, elle va me rire au nez et me lancer : « Allez ! Et de quoi tu vis ? » Alors, prudente, j'y vais à petits pas. Et je souffle :

« Tu sais, depuis quelques mois, je donne des cours de chant. »

Silence, de nouveau. Je devine ma sœur perplexe. Je continue.

« Puis je chante aussi sur scène.

– Tu chantes ? »

À l'autre bout du fil, Djamila s'étonne.

« Mais tu chantes quoi ? poursuit-elle.

– De l'opéra.

– De l'opéra ? »

Je devine qu'elle étouffe un petit rire.

« Tu as toujours été une originale, toi, conclut-elle. Bon. Quand est-ce qu'on te voit ? »

C'est ainsi que j'ai renoué des liens avec les miens – des liens ténus, fragiles, mais des liens tout de même. Cet été, nous sommes partis en vacances, Christian, Isabelle et moi, avec l'un de mes petits neveux. Nous sommes également allés manger chez ma mère, qui a, bien sûr, préparé pour l'occasion l'un de ces tagines à la tomate et aux oignons que je déteste. Au cours du déjeuner, elle m'a demandé, elle aussi, en quoi consiste mon « nouveau travail », comme elle dit. Et comme je lui réponds que je chante des airs d'opéra, elle lance :

« Comme la Callas ? Et tu cries comme elle ? Et on te paie pour ça ? »

Ma mère est là, tout entière, dans cette réflexion. Inculte, orgueilleuse, exaspérante. Mais Christian, qui devine mon agacement, intervient.

« Malika chante. Elle ne crie pas. D'ailleurs, pour vous en convaincre, pourquoi ne viendriez-vous pas l'entendre ? »

C'est ainsi que cela s'est décidé. Aussi vite, aussi simplement. Dire que j'en suis heureuse serait faux. Car j'appréhende évidemment de chanter devant ma mère. Elle a tellement de préjugés, elle m'aime si peu, elle est à tant d'années-lumière de mon propre univers... Est-ce qu'elle va

205

seulement m'écouter ? Ou bien va-t-elle se lever et quitter la salle, parce qu'elle ne comprend rien à rien, et qu'elle ne connaît, de la musique, que les mélodies d'Oum Kalsoum ? Qu'importent mes questions – je ne peux plus changer le cours des choses. Ma mère est là, à Gaveau. Elle vient même me souhaiter « la baraka » dans ma loge.

Je nous revois encore, toutes les deux, à cet instant-là. Moi dans ma robe de scène, un fourreau noir très décolleté, soulignant la rondeur de ma poitrine, le visage maquillé à l'extrême, les pieds chaussés d'escarpins à talons hauts. Elle dans son plus beau tailleur beige, une bague à tous les doigts, et la main de Fatma, sur son chemisier, qui oscille au rythme de ses pas. Jamais, à nous regarder l'une à côté de l'autre, on ne pourrait deviner que nous sommes mère et fille. Pourtant, c'est le même sang qui coule dans nos veines – ce sang qui m'a, peut-être, donné l'opiniâtreté dont j'ai fait preuve pour arriver là où je suis.

Est-ce que, ce soir-là, avant le spectacle, j'ai embrassé ma mère ? Probablement pas – voilà longtemps maintenant que je fuis tout contact physique avec elle. Mais sa manière de me souhaiter « bonne chance », d'une voix pour une fois plutôt humble, m'a touchée. Et au moment d'entrer en scène, je ne pense qu'à elle.

Voilà. C'est fait. J'ai chanté – Haendel et Vivaldi, Mascani, *Samson et Dalila*. Le concert est terminé. Je devine, aux applaudissements nourris qui éclatent dans la salle, que le public a aimé ma prestation. Quand les lumières se rallument, il se lève pour me faire une ovation. Quelqu'un me fait porter un énorme bouquet de roses. Je m'en empare. J'y enfouis mon visage. Mais moi, qui devrais être émue aux larmes, je n'ai qu'une idée en tête. Est-ce que ma mère est encore là ? Des yeux, je la cherche, parmi tous ces gens qui m'applaudissent. Et d'un coup, je la vois, debout comme tout le monde, qui me fixe, le regard brillant de larmes. Elle applaudit, elle aussi. Elle me sourit – et le rideau tombe sur cette image d'elle.

Le théâtre du Renard, encore. La salle Pleyel. Cortot, de nouveau. Mais aussi des salles plus modestes, celles de petits théâtres de banlieue, un concert pour le Rotary, des lieux privés. Je chante, encore et toujours, et mon nom commence à circuler dans le « milieu ». La presse parle de moi – parfois en termes élogieux. J'en suis heureuse, bien sûr, mais j'ai en moi un goût d'inachevé. Est-ce parce que je revois ma mère, mes frères et sœurs, est-ce parce que je retrouve à travers eux mes racines ? Moi qui ai tant voulu, tant désiré devenir une « diva », voilà que le succès me paraît un peu vain. Est-ce que je vais aller plus loin, est-ce que je vais franchir un nouvel abîme, est-ce que je vais écouter mon « maître à chanter », le merveilleux Lorentz, qui me suit depuis maintenant près de cinq ans ? Selon lui, le temps est venu d'enregistrer un album et de me lancer, enfin, dans une véritable carrière. Il me voit sur la scène de l'Opéra de Paris, sur celle de la Scala de Milan, il me promet monts et merveilles, mais voilà. Aussi curieux que cela puisse paraître, cela ne m'intéresse pas. Christian, toujours fine mouche, laisse les choses mûrir. Moi, je me débats dans mes doutes. Un dîner, un seul, va tout faire basculer.

C'est l'une de mes amies, que j'appellerai Sophie, qui m'y a invitée. Il se déroule dans un restaurant marocain de Paris, l'un de ces endroits dont, d'ordinaire, je déteste la cuisine.

Pourtant, ce soir, je mange avec appétit les plats qui me sont proposés. Un retour aux sources ? Je ne veux pas y penser ou en parler. Je savoure les bricks à l'œuf, le tagine pruneaux agneau, les gâteaux au miel. Je sirote un thé à la menthe. J'écoute Sophie me parler de ses projets.

« Tu sais, me dit-elle, je travaille à Creil, dans une cité. J'y accompagne des femmes maghrébines dans différentes activités. J'aimerais bien monter un opéra, là-bas, au théâtre de la Faïencerie. »

Un opéra dans une cité ? Pour commencer, l'idée me paraît totalement absurde. Enfin, tout le monde le sait, les gens des cités ne s'intéressent pas à la musique – ou alors, à la musique orientale ou au rap. Mais Dieu m'est témoin que, tout le temps que j'ai vécu en leur compagnie, je n'ai jamais pu leur faire partager mes goûts à moi – des goûts de « Française », comme ils disaient... Puis, d'un coup, je sens le rouge de la honte me monter aux joues. Mais enfin, qui suis-je pour raisonner ainsi ? Et surtout, pour qui est-ce que je me prends ? Si les religieuses qui m'ont élevée avaient raisonné comme moi, où est-ce que j'en serais ? C'est Sophie qui a raison. L'opéra, il faut en jouer partout. Pour que les choses changent, que les choses bougent. Pour que d'autres Malika comprennent, comme je l'ai compris quand j'étais enfant, que la culture n'est pas réservée aux bourgeois, et encore moins aux Français de souche !

C'est par une froide journée de novembre que je me rends au théâtre de la Faïencerie. Pour y arriver, je dois d'abord traverser la cité – et je peux constater que depuis ma propre enfance, les choses n'ont guère changé. Là, devant des immeubles tagués, des gosses jouent toujours au ballon avec de simples boîtes de conserve. Leurs mères discutent autour de pelouses boueuses, surveillant du coin de l'œil des bébés qui se traînent dans la poussière. Une foule d'adolescents muse, cigarette aux lèvres, baladeur aux oreilles, regards mi-méprisants, mi-furieux. Et de nouveau, pour tout ce petit monde, je suis l'étrangère – la Française, malgré ma peau mate et mes cheveux noirs...

J'arrive enfin au théâtre. Bonne surprise : dans le hall, de très nombreuses femmes de la cité m'attendent, certaines habillées à l'occidentale, d'autres en djellabas – des djellabas de cérémonie, aux couleurs chatoyantes. À peine suis-je arrivée, à peine suis-je présentée qu'elles m'entourent, me pressent de questions. L'opéra, c'est quoi ? Dans quelle langue est-ce que je chante ? En français ? En italien ? En allemand ? Et pourquoi pas en arabe ? Et d'abord, qu'est-ce que mes chansons racontent ? Des histoires d'amour ? Comme au théâtre, alors ? Mais elles ne sont jamais allées au théâtre, justement. Elles ne le connaissent que par l'intermédiaire des textes que leurs enfants étudient à l'école. *L'Avare. Le Bourgeois gentilhomme. Ruy Blas. Le Cid.*

« Moi, me lance l'une d'elles, je n'y comprends rien, à ces trucs-là. C'est écrit en français, mais dans un français bizarre. Et je ne veux pas demander à mon fils de m'expliquer, ça me ferait trop honte. »

Je crois que c'est à cet instant précis que naît en moi l'envie de travailler avec ces femmes, dans les quartiers, le désir de leur transmettre ce que les religieuses m'ont appris à moi, la blessée, la malade, la chanceuse, à qui l'hôpital et les maisons de convalescence ont permis de sortir de sa misère culturelle. Mais ce n'est encore qu'une idée vague, une pensée floue – un embryon de concept. Elle passe dans mon esprit, elle disparaît, elle revient, elle s'évanouit de nouveau, gommée par la conversation avec les femmes qui m'entourent. Elles continuent de me harceler de questions, et à leurs yeux brillants, à leur excitation, je devine que je les intéresse. Mais je veux aller plus loin encore, au-delà des mots – je veux leur faire entendre ma voix. Après tout, quoi de plus explicite qu'un air d'opéra ? Alors, après avoir réclamé le silence, j'entrouvre les lèvres, je ferme les yeux. Comme si j'étais sur scène, je vais chercher ma voix au plus profond de ma gorge. Et j'entonne un air, le *Paviello*.

Nel cor più non mi sento...

Je ne sens plus mon cœur...

Le silence. Un silence de plomb. Les yeux noirs de mes sœurs qui me fixent. Leurs mains qui se joignent, leurs doigts qui se croisent. Une larme qui perle, parfois, à leurs paupières. Aucune d'entre elles ne parle italien. Aucune ne comprend les paroles que je prononce. Pourtant, elles semblent fascinées. Et quand enfin je me tais, elles se rapprochent encore un peu plus de moi. Et tandis que les unes m'applaudissent, les autres m'embrassent...

Le soir même, je donne un concert au théâtre de la Faïencerie. La salle est comble, toutes les femmes de la cité sont venues m'écouter. Certaines d'entre elles ont amené leurs enfants, et quand la lumière revient, des youyous éclatent, mêlés aux applaudissements.

« Alors, me dit Sophie quand nous quittons la salle, tu vois que ça s'est bien passé. »

Un silence. Et elle ajoute :

« Tu n'aurais pas envie d'enseigner le chant dans les cités ? Parce que si c'est le cas, tu m'intéresses ! »

Enseigner le chant dans les cités. L'idée est là, de nouveau, présente à mon esprit – une idée lancinante, qui me séduit et m'effraie à la fois. Nulle, plus que moi, la petite Arabe élevée par les religieuses, n'est plus qualifiée pour le faire. Mais est-ce que je vais avoir la force de revenir en arrière, de me replonger au cœur de ce monde misérable, d'affronter les regards d'enfants aussi défavorisés que je l'ai été, est-ce que je vais savoir leur parler, leur apprendre, leur faire aimer cette musique si différente de tout ce qu'ils connaissent ? J'ai tellement changé, tellement évolué – j'appartiens désormais à l'univers de la lumière, celui des « riches », comme ils disent. Est-ce que je saurai leur tendre la main, est-ce qu'eux accepteront de la saisir, est-ce que nous pourrons, ensemble, faire le chemin que j'ai accompli dans mon enfance ? Il me faut des semaines avant de me décider. Un jour, je suis prête. Le lendemain, j'hésite de nouveau. Pour tenter de trancher, j'achète des livres sur l'éducation, je m'y plonge, j'en ressors plus perplexe encore. Et de nouveau je m'interroge. Alors, qu'est-ce que je dois faire ? Rester dans la lumière et enregistrer un disque ? Tenter de progresser encore, pour chanter, un jour, à l'Opéra de Paris ou à la Scala de Milan ? Ou bien revenir au moins un temps à l'ombre et mettre sur pied le projet pédagogique que l'on me propose ?

« L'un n'empêche pas l'autre, me dit Sophie. Accepte d'enseigner le chant à ces gosses. Comme ça, tu seras une diva dans les cités... »

Une diva dans les cités ? La phrase fait « déclic » dans ma tête, balaie toutes mes hésitations, tous mes doutes. Sophie a raison. Elle vient même de trouver le titre du projet pédagogique que je me décide, enfin, à monter à Creil...

Ils sont là, tous, devant moi, dans la salle mise à notre disposition par la municipalité. Carine, qui vient de Phnom Penh, au Cambodge, et que le fracas des bombes a failli rendre folle. Alexi, le mal-aimé. Faysal, dont les parents arrivent de Turquie, et qui ne parle pratiquement pas français. Nadil, né à Fès, au Maroc, qui me fixe de ses immenses yeux noirs, si semblables aux miens. Puis Sonia, Suzie, Habib, Hind, Inès, Linda, et les autres, tous les autres – une bonne trentaine d'enfants âgés de huit à douze ans, qui participent à « mon » projet. Ils n'ont jamais pris de cours de chant, ni de solfège. Pire encore : la plupart d'entre eux ont de graves difficultés scolaires, et certains ne maîtrisent ni la lecture ni l'écriture, et encore moins le calcul. Mais ils ont tous, je le lis dans leurs regards, l'envie de découvrir, l'envie d'apprendre. Et même si je suis intimidée, j'ai bien l'intention de leur transmettre l'amour de la musique et du chant. Pour cela, je vais passer par des chemins détournés, et je vais, d'abord, les faire rire, hurler, pleurer, courir, sauter, faire la roue, le cochon pendu, entre autres – une gestuelle qui servira de base à un autre type d'apprentissage.

« Les enfants, bonjour. »

Voilà. Ça y est. Je suis là, debout au milieu d'eux. Je les dévisage, un à un. Je note leurs particularités, leurs différences. Coralie a des lunettes, il faudra faire attention à ne pas les briser au cours des exercices corporels. Sofiane est trop rond, il va hésiter avant de se mettre en maillot de corps. Astrid a déjà de la poitrine, là encore, gare à sa pudeur... Quelques secondes, encore. Puis j'enchaîne.

« Moi, je fais du chant pour m'amuser. Vous voulez voir comment ? »

Silence. Des hochements de tête. Une méfiance, dans le regard de Carine. Cette petite-là, il va falloir que je l'apprivoise. Mais pour le moment, je continue de m'adresser au groupe.

« Regardez. »

Je fais un rond, à l'aide de mon pouce et de mon index. Je me le colle sur la bouche. Ensuite, j'inspire, le plus pro-

fondément possible. Puis j'émets un son. Et comme je l'avais
espéré, ça les fait rire. Gagné ? Pas encore.
« Allez. Faites la même chose, les uns après les autres. »
Est-ce qu'ils vont m'obéir ? Ou bien est-ce qu'ils vont
hausser les épaules, se donner des coups de coude, se
moquer, se détourner ? Durant quelques secondes, je
m'interroge, anxieuse. Ces enfants-là, ce sont tous des petits
chats écorchés, qu'un rien fait fuir. Leur silence n'est pas
de bon augure – et pourtant, j'en sens certains sur le point
de le rompre. Hamid, par exemple, qui me regarde en coin,
un demi-sourire aux lèvres. Il fait un rond du pouce et de
l'index, et le porte à sa bouche. Puis, avec délectation, il
émet un son qui fait penser à un énorme pet. Un défi ? Oui.
Mais je le relève, trop contente d'avoir établi un contact. En
riant, je le désigne du doigt, et je lance :
« Très bien, Hamid. Quelle belle musique ! Allez, les
autres. Est-ce que vous êtes capables de faire mieux ? »
L'instant d'après, j'ai droit à un concert de pets du plus
bel effet. Et j'éclate d'un rire gras, qu'ils s'empressent d'imiter. Allons. Avec ces enfants-là, tout se passera bien. Entre
nous, le courant passe. Et je sens que, déjà, je commence à
les aimer...

Mémoire corporelle. Utilisation des cinq sens. Techniques
vocales ludiques. Tels sont les axes de la pédagogie qui me
guide, du lundi au jeudi, au cours de mes ateliers avec les
enfants de Creil. Les concerts de pets laissent place aux cris,
aux hurlements. L'ouïe, l'odorat sont sans cesse sollicités.
Les corps bougent, courent, roulent, se relèvent, courent de
nouveau, jusqu'à être épuisés. Chaque muscle travaille, chaque respiration semble être la dernière, mais non, ça repart,
ça s'assouplit, ça sourit, aussi. Et ça marche – les gosses sont

là, au grand complet, dès la première heure du cours. Ils m'écoutent, m'imitent, s'activent. Aucun d'entre eux ne rechigne jamais à faire des grimaces, à se chamailler, à cogner sur un ennemi imaginaire, ni à ricaner. Ensuite, passé les préliminaires, les choses sérieuses commencent. Carine ajuste sa voix grâce à un bouchon en liège, Malik se lance dans une grande tirade en argot, pleurant les malheurs d'un pauvre, Samira s'allonge sur la table pour imiter une malade imaginaire, et les autres, tous les autres, tournent sur eux-mêmes comme des derviches, jusqu'à tomber... Moi, je reste là, au milieu d'eux, je participe à leurs « jeux », je n'hésite jamais à tirer la langue, à pleurer, à crier, à chanter, et parfois même à les secouer.

« Allez, Anna ! Arrête de pleurer ta mère ! Bouge-toi ! Respire ! Mieux que ça ! Je te l'ai dit cent fois. Le travail de la voix, ça passe par le travail du corps. Quand ton corps t'obéira, alors, tu chanteras ! »

Et elle chante, Anna. Comme Mehdi, Maya, Charlotte, Carine, et les autres, tous les autres. Après une bonne demi-heure de course et des mouvements de gymnastique épuisants, les voilà réunis devant moi, en une petite chorale. Les voix sont encore éraillées, parfois fausses. Le rythme n'est pas toujours respecté. Le texte est souvent oublié. Mais ça m'est égal. Car les yeux pétillent, les lèvres s'étirent en de larges sourires. Les enfants, mes enfants, comme je les appelle parfois, sont heureux. Et leur chant s'élève dans la salle, plus mélodieux à mes oreilles que le plus beau de tous les airs d'opéra.

« Je suis contente, Malika, me dit Carine, la petite Cambodgienne. Je suis contente, parce que la nuit, quand j'ai peur, je chante dans ma tête. Ça fait fuir le bruit des bombes. »

11 mai 2001. Aujourd'hui, l'opéra « se met dans tous ses états » à l'Unesco. Et les enfants de Creil, « mes » enfants, sont invités à chanter dans l'enceinte de ce prestigieux organisme. Lorsque je le leur ai annoncé, aucun d'eux n'a d'abord voulu y croire.

« Nous, là-bas ? » a murmuré Hamid.

Oui. Eux là-bas. Voilà ce que j'ai répondu, d'un ton définitif. Et d'un coup, ils se sont tous ébroués, ravis – tous sauf Hamid, toujours méfiant.

« Et nos mamans, elles pourront venir, elles aussi ?

– Et pourquoi pas ? »

La question plonge les enfants dans le mutisme. Les voilà qui se renfrognent, se tordent les mains, reniflent avec ostentation. Je demande de nouveau :

« Alors ? Pourquoi vos mamans ne viendraient pas ? »

Un nouveau silence. Hamid, toujours lui, se lance enfin.

« Parce que les gens de la cité, on les aime pas. »

Il se tait, de nouveau. Et moi je me plante devant lui, et je reprends la parole.

« Eh bien cette fois, on les aimera. Et vous, vous allez démontrer que vous êtes des gosses bien – des gosses comme tous les autres. Je peux compter sur vous ? »

Un frémissement. Carine relève la tête. Sofiane plante ses yeux dans les miens. Astrid et Solène se prennent la main.

« D'accord, dit Hamid le porte-parole. On va faire ça... »

Et ils le font ! Ce 11 mai, debout les uns à côté des autres sur la scène, pétrifiés de trac, ils chantent – et leurs voix, derrière la mienne, terminent de me persuader, si besoin était, que la musique est universelle, fédératrice et accessible à tous les milieux socioculturels. De bien grands mots, en fait, pour dire que ces enfants-là, mes enfants, forment le plus beau, le plus accompli, le plus bouleversant de mes chœurs.

17

C'est ici que tout a commencé – dans ce quartier misérable qui, voilà un demi-siècle, abritait le bidonville de Nanterre. Une ville dans la ville, constituée de maisonnettes aux murs de brique maladroitement montés, au sol de terre battue. Les plus riches y jetaient des peaux de mouton en guise de tapis. Les pauvres – les plus nombreux, bien sûr – rien du tout. Mais riches ou pauvres, c'est là que tous cohabitaient, sous des toits de tôle chauffés à blanc l'été, gelés l'hiver. La plupart du temps, il n'y avait qu'une seule pièce pour toute la famille, qu'elle soit composée de quatre ou de douze enfants. Tout le monde dormait tête-bêche, corps imbriqués, garçons ou filles. Dehors, sous l'auvent, du linge séchait. À l'intérieur, dans les bassines, du linge trempait, car ici, on pouvait être misérable, la propreté n'était pas un vain mot. Les femmes passaient leur journée au ménage – elles commençaient par aller remplir leurs bassines au point d'eau le plus proche. Cinq cents mètres parfois. Un kilomètre le plus souvent. Elles ôtaient ensuite les matelas et les couvertures jetés au sol, et les entassaient du mieux qu'elles le pouvaient le long des murs. Venait le rituel de l'allumage du brasero qui leur tenait lieu de cuisinière, et l'odeur du café montait, emplissant l'espace toujours trop étroit. Dehors, à côté, un peu plus loin, on criait, on riait, on se pressait déjà. Un flot d'enfants, richesse du quartier, s'évadait des baraquements. Hiver comme été, la journée commençait, dans le rayonnement des murs peints d'ocre ou d'azur...

Oui. C'est ici que tout a commencé, et c'est ici que je reviens, à l'automne 2004. Moi, la « diva des quartiers », me voilà de nouveau à Nanterre, pour y enseigner le chant. Mais je ne reconnais rien dans ce paysage totalement transformé. Plus de maisons de brique, plus de toits de tôle, plus de sol de terre battue, mais des immeubles jouxtant des boutiques de toutes sortes. Et plus rien d'oriental ? Si. Le marché que je traverse, et où l'on vend encore des épices, de la semoule, des gâteaux au miel. Ces enseignes de bar saluant le soleil d'Alger ou d'Oran. Et dans les rues, ces femmes voilées et ces enfants dépenaillés qui me rappellent tant mes frères et sœurs.

Allons. Cinquante ans ont passé. Mais c'est bien ici que j'ai grandi. Les bâtisses ont beau être en dur, comme on dit, les squares ont beau arborer de jolies balançoires, l'air a la même odeur, menthe et merguez mêlées, les passants le même regard fatigué – et les enfants ressemblent à la fillette que j'étais. Cheveux noirs, boucles emmêlées, vêtements récupérés à droite, à gauche, chaussures éculées, ils portent l'uniforme de la misère. À les regarder marcher, courir, crier, les souvenirs affleurent à ma mémoire, avant de rejaillir et de tout submerger. Nanterre n'a plus de bidonville, mais c'est toujours la même cité, j'y redeviens la petite fille de trois ans, si fière de ses sandalettes blanches – les mêmes, exactement, que celles trônant dans la vitrine de ce chausseur. Des sandalettes de pauvre, qui faisaient de moi une reine, et que j'ai presque envie de racheter...

Kamel. Ridwane. Nora. Patrick. Kevin. Stella. Ils sont là, eux et tous les autres enfants de la cité. Ils m'attendent, en compagnie de leurs mères. À toutes ces femmes, je vais enseigner le chant – c'est mon nouveau défi, mon nouveau pari. Avec moi, à travers moi, ces éternelles analphabètes, ces opprimées vont découvrir Djamileh, de Bizet, l'esclave maghrébine qui aime en vain le sultan ; Éléonora, la favorite d'Alfonso, roi de Castille, amoureuse d'un parvenu, la belle Eboli, de Verdi, qui rejoint Don Carlo, dans un jardin pour lui chanter son amour, soigneusement voilée. Et Carmen, évidemment, l'héroïne de Bizet, qui, comme moi, comme elles, a connu une enfance faite de violence et d'abandons qui ne lui permet pas de s'aimer...

« Malika ? »

Surprise. L'une des femmes vient de s'avancer. Elle tient une fillette à la main.

« Tu ne me reconnais pas ? »

Non. Je ne reconnais pas cette petite brune, qui a sensiblement mon âge. Mais à voir son expression déçue, je devrais, c'est certain. Alors, je fouille ma mémoire, je cherche où j'ai bien pu la rencontrer.

« Je suis Sophie H.... »

Sophie ? Sophie H. ? D'un coup, tout me revient. Le pavillon à la façade fraîchement crépie qui jouxtait notre maison, rue Pascal. Le petit jardin, dans lequel on avait planté des rosiers. Cette grille, toujours à demi entrouverte, par laquelle je me glissais, parfois, pour jouer avec les enfants de la maison. Patrick. Sophie. Sophie qui est là, avec cette gamine qu'elle me présente.

« Elle s'appelle Roxane, me dit-elle. C'est ma petite fille. »

Un silence. Et la voilà qui poursuit :

« Tu t'en es drôlement bien sortie, dis donc. Nous, on est toujours ouvriers... »

Longtemps, le souvenir de cette conversation m'a hantée. Sophie a raison. Je m'en suis « bien sortie ». Parce que je suis cantatrice, que je me produis dans des salles de plus en plus remplies, que les critiques commencent à saluer ma voix ? Oui, bien sûr. Mais aussi parce que au fil des années, j'ai fait la paix avec moi-même et avec les autres, et que je me suis réconciliée avec cette mère que je détestais tant. Elle vieillit, Fatima. Elle se fait plus diaphane chaque jour. Djamel, mon frère cadet se fait du souci à son propos.

« Tu comprends, Malika, le médecin lui a donné un régime. Elle doit supprimer le beurre, le sel, tout ce qui est gras. Mais elle n'en fait qu'à sa tête. Et puis, elle oublie de prendre ses médicaments. Quand je les lui donne, elle les jette, elle dit qu'elle n'en veut pas, qu'elle est bien comme ça... »

Oh, ma mère, comme je te reconnais bien là – et comme je me reconnais, moi aussi. Décidément, nous avons le même sale caractère, le même entêtement, la même rage de vivre, en dépit de tout. Et je gronde gentiment Djamel, je lui conseille de te laisser tranquille. Je plaide en ta faveur, en la faveur de ta tranquillité.

« Allons, Djamel. Maman est une force de la nature. Laisse-la vivre. Arrête de l'embêter. »

Hélas ! Je me trompe. Je mesure mal le danger qui te guette, ma mère. Et un soir de novembre, le téléphone sonne. Au bout du fil, c'est Djamila. Au simple son de sa voix, je comprends qu'elle est porteuse d'une mauvaise nouvelle.

« C'est maman, dit-elle. Elle a eu une attaque. »

L'hôpital, de nouveau. Les couloirs, les odeurs, les portes demi-vitrées que je connais si bien. À y revenir, mes souvenirs jaillissent, irrépressibles. Souvenirs des années passées sur un lit blanc, avec le plafond pour tout paysage, de la pièce où j'ai vu mon père agoniser, de celle où j'ai aperçu

Hayat au seuil de la mort. Toutes ces chambres, tout ce blanc, toutes ces odeurs d'hôpital, tous ces souvenirs me donnent la nausée. Et pourtant, malgré mon malaise, j'avance, jusqu'à entrer dans la pièce où Fatima repose. Mais est-ce que c'est bien elle, ma mère ? Comment la forte femme que j'ai connue, cette belle plante aux seins lourds, aux épaules larges, au visage rayonnant de sensualité a-t-elle pu se transformer ainsi ? La femme qui gît sur le lit aux draps blancs, ce n'est plus elle – seulement une aïeule au souffle court, maintenue en vie par les tuyaux perçant sa peau. À sa vue, une bouffée de pitié m'envahit et de grosses larmes montent à mes yeux. Car ma mère n'est plus ma mère. Et moi, Malika, je peux enfin m'approcher d'elle, et poser sur son front ce baiser que j'ai envie de lui donner depuis si longtemps...

« Maman ? Maman, tu m'entends ? »

Je murmure à l'oreille de Fatima. Je caresse ses cheveux jadis si noirs, devenus tout blancs. Je chasse la sueur qui perle à son front, je découvre un peu son buste. Je lui parle, de nouveau, mais elle ne répond pas, elle ne cille même pas. Va-t-elle mourir ? Va-t-elle vivre ?

« Maman ? »

Que faut-il que je fasse, pour retrouver ma mère, la vraie ? Que dois-je dire pour qu'elle ouvre les yeux et me fusille du regard, comme à son habitude ? Je ne veux pas qu'elle s'en aille. Je ne veux pas qu'elle passe de l'autre côté du miroir. D'un coup, je me trouve des tas de choses à lui dire – et puis il faut que je sache, enfin, pourquoi elle ne m'aimait pas. Alors, comme pour conjurer le sort, j'entrouvre mes lèvres. Et je fredonne le *Stabat Mater*. La musique, c'est sûr, va me la ramener. Car cette musique-là, c'est une prière...

Quelque part, je peux dire que j'ai été exaucée. Fatima a survécu. Mais si elle a rouvert les yeux, elle a eu bien du mal à se refaire une place dans le monde des vivants. Il a fallu des mois de rééducation pour qu'enfin, elle puisse de nouveau s'asseoir, redresser la tête. Elle ne marche pas et elle a du mal à s'alimenter seule, mais elle a pu quitter l'hôpital et aller vivre chez Djamel, le plus jeune de tous ses enfants. Qu'elle sache, par ces lignes, que je n'ai jamais cessé de penser à elle, même si je n'ai plus le courage de lui rendre visite, de la voir si diminuée.

2004. Nanterre. Elles sont de plus en plus nombreuses à venir « jouer » avec moi. Des femmes de la cité, arabes ou françaises, vieilles ou jeunes, mariées ou célibataires, mères ou encore vierges, voilées ou non. Toutes, elles bataillent pour comprendre ce que je leur explique. Mains tatouées de khôl, yeux noirs aux cils interminables, elles déchiffrent, vaille que vaille, les textes que je leur donne. À les regarder, je me sens comme une exploratrice traversant un territoire inconnu, et pourtant cent fois déjà aperçu en rêve. Je connais toutes les embûches de mon parcours, j'en mesure toutes les difficultés. Je découvre, au bout du chemin, la joie que procure une réussite inattendue. À chaque séance, je vais plus loin, plus haut, je leur propose des défis plus intenses. À preuve ? Je décide de leur faire chanter *Mignon* sur scène, une vraie scène, celle du théâtre du Renard. Et pour commencer, je leur explique, mot par mot, phrase par phrase, cet opéra.

« Devant des villageois assemblés, un musicien itinérant, Lothario, chante sa douleur : il recherche sa fille Sperata, disparue il y a longtemps. Arrive une troupe de bohémiens dirigée par le cruel Jarno. Parmi eux, un enfant, Mignon. Il ignore son âge, a perdu ses parents, et se souvient seulement d'avoir été enlevé dans un pays ensoleillé, peut-être l'Italie... »

Nanterre, encore. Nanterre, toujours. *Mignon* avance, même si je bute sur la langue. Pas celle de l'opéra. Celle des femmes avec lesquelles je travaille – certaines d'entre elles ne parlent que l'arabe. Pour leur expliquer ce que veut dire le vers : « Si je gage à Philine que le baron destine », je me vois obligée de le traduire d'abord en argot français : « Si je gage, cela veut dire "si je drague ma meuf"... », puis en argot algérien...

Fous rires garantis, ravissement des enfants, eux aussi présents, et qui profitent à fond des déguisements créés pour l'occasion. Que j'aime les voir sur scène, affublés d'oripeaux chamarrés et entourés de musiciens ! Le piano, la clarinette et le violoncelle se mêlent, les aident à danser. Pour le chant, c'est autre chose – tout est encore balbutiant, cacophonique, un « foutoir », comme dit Christian, présent à mes côtés dans l'aventure. Un foutoir ? Oui, c'est sûr. Mais je m'en fiche. Ce qui compte, c'est que ces femmes, ces gosses prennent goût au rêve...

Mars. Le téléphone sonne. Je décroche. Au bout du fil, une voix d'homme.

« Bonjour, je m'appelle Jean-Pierre, je suis journaliste chez Mireille Dumas. Vous connaissez l'émission *Vie privée, vie publique* ? »

Oui, je connais cette émission. Et je connais aussi Mireille Dumas, grande prêtresse de la confession télévisuelle. Je regarde parfois ses émissions, que je trouve de bon ton. Reste que je ne vois pas ce que me veut mon interlocuteur.

« Voilà, dit-il. Nous préparons une émission pour France 3. Elle sera diffusée au cours de la semaine de l'intégration. Est-ce que vous seriez d'accord pour y participer ? »

La semaine de l'intégration ? Le terme ne me dit rien qui vaille. Parce que moi, j'estime que je suis déjà largement intégrée. Et je n'ai nullement l'intention de jouer les Arabes de service. D'accord, je m'appelle Malika, mais je suis française, je le rappelle – même si un jour, un journaliste de France 2, remercié soit-il, celui-là, m'a aimablement lancé « Malika ? Avec un prénom pareil, ça va être difficile pour vous »...

« Malika, poursuit Jean-Pierre, d'une voix très douce, avant de décider quoi que ce soit, peut-être pourrions-nous bavarder un peu ? »

C'est ainsi que je me retrouve embringuée dans une interminable conversation, au cours de laquelle le journaliste me fait raconter ma vie, quasiment *in extenso*. Une bonne heure plus tard, il conclut :

« Il faut absolument que vous veniez raconter tout ça sur le plateau. C'est une histoire incroyable ! »

Sur ce point, je suis d'accord avec lui. Pour le plateau, j'hésite encore. Mais quand il m'explique qu'avant d'être interviewée par Mireille, il fera un petit reportage, montrant les femmes et les enfants de Nanterre, je me sens fléchir. Car ceux-là, ils méritent vraiment de passer à la télé, comme on dit...

Je suis aujourd'hui incapable de me souvenir du jour exact de l'enregistrement de cette émission. Je me rappelle en revanche parfaitement que la production nous a envoyés, à Christian et à moi, un taxi à domicile, pour nous conduire dans les studios de Boulogne.

« Eh bien, m'a dit mon mari. Te voilà VIP... »

VIP ? On n'en est pas là – même si, dans les heures qui suivent, j'ai l'impression de vivre *Cendrillon* en direct. Pour commencer, j'ai droit à une grande loge, dans laquelle m'attend un énorme bouquet de fleurs. Les assistants de

Mireille Dumas – que je n'ai toujours pas rencontrée – sont aux petits soins pour moi. Et n'était la tension, perceptible, qui nous entoure – allées et venues, brefs conciliabules, ordres donnés sous cape, visages tendus –, je prendrais goût à la situation...

« Allez, on y va. »

Je suis la jeune fille qui m'amène sur le plateau, comme elle dit. On installe un micro sur mon chemisier. Me voilà assise. Mireille Dumas arrive, me sourit, me tend la main. Et je manque me pincer, pour me prouver que je ne rêve pas. Car enfin, moi, Malika, je suis là, sur un plateau télé. Et ça y est. Les lumières s'allument. Ça tourne...

Une scène. Celle du théâtre du Renard. Aujourd'hui, 16 octobre 2005, on y donne *Mignon*, dont je joue le rôle. Aux chœurs, Cécile, Corinne, Denise, Françoise, Isabelle, Stéphanie, Arabia, Rahma, Véronique – une grande partie des femmes avec lesquelles j'ai travaillé si dur. Au piano, Raphaëlle et Sonia. Au violoncelle, Thibault. À la mise en scène, André. Christian tient le rôle de Lothario, mon « père » de théâtre. Je n'ai pas de robe rouge, mais une défroque de garçon – je m'en fiche. J'ai monté un opéra, mon opéra, et aujourd'hui, la salle est comble, c'est Chantal, alias Philine, qui me l'a dit. Dans les coulisses, il fait très chaud, tout le monde court, tout le monde chuchote, j'ai mal à l'estomac, comme d'habitude avant chaque spectacle, je prie pour que ma voix ne me lâche pas, j'entends les spectateurs qui, là-bas, s'impatientent, l'éclairagiste allume les projecteurs, les musiciens s'installent, on va lever le grand rideau rouge, les premières notes de musique résonnent – je regarde mes amis qui entrent en scène, les uns après les autres, c'est bientôt à moi, je fais trois pas de danse, une vocalise, et voilà, je pénètre à mon tour sur les planches. Je suis Mignon, ni fille ni garçon, petit saltimbanque égaré, et je vais bientôt me transformer en une ravissante jeune fille. À travers l'amour et la jalousie, la magie du théâtre me rendra mes souvenirs, et me rendra ma famille...

ÉPILOGUE

Voilà. Le rideau est tombé. J'en ai presque terminé. Il me reste à raconter cette première au cours de laquelle j'ai interprété Rossini. Pour l'occasion, l'une des femmes de Nanterre, première main chez Cardin, m'a confectionné une superbe robe rouge. Dans ce fourreau écarlate, au décolleté vertigineux, personne n'aurait pu reconnaître la petite Algérienne passée sous un camion, avant d'être élevée vaille que vaille par une famille de fous. Pourtant, cette Algérienne-là, c'est bien moi. À preuve ? Je viens d'acheter une maison de pêcheur, à Mostaganem. Je dois monter dans cette ville, l'un des berceaux de ma famille, mon opéra fétiche : *Carmen*. En France, je suis chez moi. Là-bas, sur la plage, face à la mer qui berce l'Algérie, je le suis aussi. Car mon pays, le seul, l'unique, c'est le pays de la musique. C'est elle qui m'a permis de tout surmonter, d'avancer, de devenir ce que je suis. Mais que l'on ne croie pas que je suis unique. Je sais, d'expérience, que ce n'est pas vrai.

Alors, à la fin de ce livre, j'ai envie de le crier. Vous qui avez été malheureux, humiliés, blessés, emprisonnés dans les geôles de la République ou dans les préjugés de ses citoyens, vous qui avez souffert, vous qui souffrez, relevez la tête !

Rêvez ! Avancez ! Apprenez !

Et surtout, surtout ! si vous en avez le désir ou l'envie : chantez...

Photocomposition PCA
(Rezé)
pour le compte des éditions Calmann-Lévy
31, rue de Fleurus 75006 Paris

calmann-lévy s'engage pour
l'environnement en réduisant
l'empreinte carbone de ses livres.
Rendez-vous sur
www.calmann-levy-durable.fr
PAPIER À BASE DE L'empreinte carbone en éq. CO_2
FIBRES CERTIFIÉES de cet exemplaire est de 850 g

Dépôt légal : octobre 2008

Achevé d'imprimer en France en février 2021
par Dupliprint à Domont (95)
N° d'impression : 2021020144 - N° d'édition : 5180161/12